流浪生死书

卢一萍 著

北京时代华文书局

图书在版编目（CIP）数据

流浪生死书 / 卢一萍著. -- 北京 : 北京时代华文书局, 2020.1
ISBN 978-7-5699-3241-6

Ⅰ. ①流… Ⅱ. ①卢… Ⅲ. ①散文集－中国－当代 Ⅳ. ① I267

中国版本图书馆 CIP 数据核字 (2019) 第 234987 号

流浪生死书

LIULANG SHENGSI SHU

著　　者 | 卢一萍

出 版 人 | 陈　涛
图书监制 | 陈丽杰工作室
选题策划 | 陈丽杰
责任编辑 | 陈丽杰　袁思远
执行编辑 | 冯雪雪
责任校对 | 周连杰
封面设计 | 尚燕平
版式设计 | 王艾迪
责任印制 | 訾　敬

出版发行 | 北京时代华文书局 http://www.bjsdsj.com.cn
北京市东城区安定门外大街 138 号皇城国际大厦 A 座 8 楼
邮编：100011　电话：010－64267955　64267677
印　　刷 | 三河市兴博印务有限公司　0316-5166530
（如发现印装质量问题，请与印刷厂联系调换）
开　　本 | 787mm×1092mm　1/16　　印　　张 | 15　　字　　数 | 180 千字
版　　次 | 2021 年 4 月第 1 版　　印　　次 | 2021 年 4 月第 1 次印刷
书　　号 | ISBN 978-7-5699-3241-6
定　　价 | 49.00 元

CONTENTS

目 录

他们一路都在唱歌，使人一点也感觉不到旅途的漫长和艰难。车过阿克苏不久，差点翻了，歌声变成了惊叫，但最后当车只是倾斜着倒在沟边时，歌声又响了起来。

他们的心有时像阳光一样明亮，有时又忧郁得像被阴影遮蔽的月光。但在旅途中，他们是无忧无虑的，胸怀像路边的大地一样宽广，那善良淳朴的品性让人觉得他们是刚从泥土中诞生的。

我内心有些颤抖。我知道，它对于我而言，已是一处精神的故乡。这里的每块石头，每棵牧草，每片青稞地，每间低矮的冬窝子，每个贫穷而又自由的乡亲，每只降生的羔羊，每个月夜，每阵风，每一缕阳光，都已超越了其自身的意义，闪耀在我心灵的最高处。

冰溪的旁边，生长着一种不知名的小草，浅浅的，沿溪岸铺展开去，有的地方一直接上了雪线。我用手去抠泥土，发现泥土冻结得比石头还要硬，但这些小草仍长了出来。小草都是金色的。从翻库地达坂起直到多玛沟千余里行程中，我见到的草大多是金色的，是那种纯正的金色，这也是大荒之境中生命的本色。

信仰是人类在面对和承受苦难时向冥冥中寻求的心灵安慰。

青藏高原险峻万端，生存条件恶劣奇诡。如果没有信仰的支撑，没有它给予的巨大的力量，很难有人能面对高原上的严冰酷寒、燥热乏雨、狂风暴雨、洪水猛兽以及那数不清的疾病、瘟疫、战乱，这些让人绝望和恐惧，却又无法战胜。

古代的阿拉伯人说：漫游是一条使我们通达天宇的路。

波斯诗人萨迪说：一个人应该活到90岁，在这90年中，用30年获取知识，再用30年漫游天下，用最后30年从事创作。

帕乌斯托夫斯基说：如果你想成为自己国家和整个大地的儿子，成为知识和心灵自由的人，那么，你就忠于浪迹天涯的缪斯吧，就在力所能及和时间允许的情况下旅行吧。

代 序

长路随想

父亲在世时，我曾收到他的一封来信，他问我是否还走在路上，记得我读到那句话时，心情很难平静。

我不知道应该怎样回答父亲，我没有停下过自己的脚步，却难以看见自己留下的足迹。我不知道，一个碌碌无为的行走者还算不算一个行走者。

父亲是个农民，一生只能固守几亩薄田、三间土房和几册读私塾时珍存的古籍，但不知为何，他判断我存在与否不是以别的方式，而是以我是否仍然走着。

其实，他的一生对道路一直充满着莫名的恐惧，知道那路上定然潜伏着无尽的险阻和陷阱，但他又害怕我停下来，所以，我的行走，对他而言，无疑是一种煎熬，一种惩罚。

少年时期，我是凭想象漫游的，虽然想象本身无限，但因为一个人的想象力与他获取的知识是成正比的，所以它又常常有限。

我们一旦蹒跚学步，就免不了面临走路的问题；当我们一旦离开家，就面临着上路的困惑。我们就想知道，路有多长，当它绕到山顶，那是不是一条路的尽头，从那里可不可以通到天宇？如果不是尽头，它在山的另一面，又会是一种什么形态？是这些自身的疑惑促使我们前行——不间断地前行。更有意思的是，这些孩童时代的、看似幼拙的疑惑会成为我们一生的疑惑，会使我们终其一生也难以寻到答案，会使我们为这些答案竭尽心智。

最终，你的渴望是走向一个能让灵魂栖息的、精神的家园。

跋涉就是整个人生。可能是清醒的，也可能是盲目的。这都不重要，重要的是走下去，一直走下去。没有尽头的路使短暂的生命无限延伸，使瞬息即逝的人生走向永恒。因为，道路铭记着每一个跋涉者。无论他们是高贵的，还是卑贱的；也无论他们是勇敢的，还是怯懦的。因为每一个走着的生命最终无不成了路的一部分——一粒石子、一块标记、一级台阶。

有时，我们一直在出发与回归之间往复。出走是必须的，没有出走就没有道路，就失去了对生命的参照，对大地的亲近，对世界的感知。回归也是一种生命之需，这源自生命对出发地的深厚情感，它是一种欲念，如果肉体不知，这就是另一种出走。

到最后，出发与回归开始混淆，开始进入一种“上下而求索”的境界，此时，二者统一为一种方式：行走。若以行走为中心点，那么，它的一端是行旅，一端是苦旅。

远行的本质是寻求，远行的境界是抵达，远行的可耻之处是半途而废。悲壮的远行者或死于路上，或在抵达之地瞑目。有时也有抵达之后回归的人，但到那时，原来的出发点已成了新的目的地。

不知从何时起，愈是荒远之地，愈能激起我上路的雄心。但是我不明白，我一次次走向大地边缘，难道只是在寻找一片净土、一份宁静、一种安慰？难道仅仅只是我对远方的某种迷恋？或是对浮躁和喧嚣的逃避？

我想不是的。

因为被生活伤害的人很多，被时代污染的故乡不止一处。而如果仅仅是迷恋远方，你会陷入尴尬，因为当你去了远方，远方就不再是远方了。

那么，走在路上对我而言，便是生命的形式了。只有这种形式能检验我灵魂的轻与重，生命的存与亡。

我对长路的需要，如同我对生命的需要。我不敢设想，我一旦安定于某处，我的内心会是一种什么样的情形，我的生命又会是一种怎样的状态。

当然，对于长路，我用两种方式行走：一是用脚，一是用心。

用脚，可知路有坎坷艰险。我可以看到大地的广阔，山岭的雄峻，河川的秀丽，村庄的安宁和贫困，城市的靡艳与空虚；用心，可知路的情色哀乐，路的激情战栗。更大的好处是，当我被俗常的生命所拘禁，我可以用它代替脚去行走，使我不致停息。

古代的阿拉伯人说，漫游是一条使我们通达天宇的路。

波斯诗人萨迪则认为一个人应该活到90岁，在这90年中，用30年获取知识，再用30年漫游天下，用最后30年从事创作。

漫游对于生命的重要性，由此可见一斑。

它是在用最艰苦、最具体，也是最必须的方式抵达人生的终点。

缪斯是在长路上发现的。正如帕乌斯托夫斯基所说，如果你想成为自己国家和整个大地的儿子，成为知识和心灵自由的人，那么，你就忠于浪迹天涯的缪斯吧，就在力所能及和时间允许的情况下旅行吧。

远方的一切对于我来说都是崭新的，都笼罩着神秘的色彩，我每往前走一步，都可说是翻开了这个世界新的篇章。

远方是神话，也是现实；既飘浮着苦难的尘埃，也充斥着忧郁的诗意；既有伟大的真理，也有荒唐的谬误。而正是这些，使我们目光高远，心灵纯洁，思想高尚。

既然如此，远行吧，用我们的生命和灵魂！

第一章

无人区历险记：走向乔戈里峰

“这恐怕至少是零下三十多度……大家起……起来吧，跑……跑，我看看表是几……几点了。”是杨军医的声音。顿一顿，他又说，“5点50多了，再坚持坚持，熬到7……7点多……就可以出发了。”

我们都从睡袋里爬出来。任上尉带着我们跑步。

饥饿、风雪、高山缺氧紧紧攫住了我们，但我们只有这样慢慢地跑下去，再跑下去。

最后一户塔吉克人家

我回头闻了闻牛粪火的气息，闻了闻奶茶和烤馕的余香，闻了闻牲口的气味。我第一次深刻地感受到了我们生活中的人间气息。

在整个帕米尔高原的旅行中，从红其拉甫到乔戈里峰是属探险性质的，那里是荒凉千古的无人区，杳无人踪。也正是这一点，对我产生了巨大的吸引力。张上校得知我的计划，认为我凭自己的力量从红其拉甫骑牦牛到乔戈里峰十分危险，也不可能到达，他建议我随红其拉甫边防连的一个巡逻分队一起前行，顺便写写报道。他接着告诉我，那里道路险要，很多地方都没有路，并且野狼成群，即使巡逻分队也得有向导才行。

得他这番关照，我感激不尽。到达连队，正好九点钟，巡逻分队已经准备好了，骑的牦牛也已备好。

巡逻分队的队长姓任，个子不高，四川人，由于长年在高原生活，脸黑得跟非洲人差不多。他带队前往巡逻的是中国和巴基斯坦的第7至第18号界碑，它们耸立在红其拉甫至喀喇昆仑山荒凉恐怖的无人区。这是全军陆地巡逻时间最长的巡逻线，往返一次得一个月左右；也是全军唯一因山险水恶不能乘车、骑马，只能徒步和骑牦牛前往的巡逻线。

健壮的牦牛野性十足，一出营院，便奔跳开了。我骑的牦牛长着一张白脸，四蹄雪白，无角，长鬃披散，我叫它“白脸王子”。它是昨天才从老乡那里租借的，野惯了，性格暴躁，老是甩胯撅蹄耍威风，要给我一个“下牛威”。

这种牛身马尾的牲畜我是第一次骑，全副武装，荷枪实弹，加之水壶、挂包、相机、睡袋、皮大衣等，负重不下30千克，显得十分笨重，我好几次差点被“白脸”从牦牛背上甩下来。

在刚刚升起不久的阳光中，连队把我们这支小小的巡逻分队欢送出营区，我们就归于荒野了——在这真正的边野之地，荒原就在营门外面。

营房面前就是红其拉甫河，它是塔什库尔干河的源头，河水比圣水还要纯净，挨近岸的地方结了一层薄冰，证明这一带夜晚的气温已达到了零度以下。难怪好多牧民已开始转场。虽然才8月，但高原的冬天已经到来了。

我们涉水而过，爬上河岸，很快就被荒凉的苔原吞没。我们沿着中国和巴基斯坦控制区的边境线，即喀喇昆仑的走向一直往南行进，直到喀喇昆仑山脉的主峰乔戈里峰下。这些苔原连成喀喇昆仑众多雪山中的一座基座。

除了自己骑乘的牦牛外，我们还有几头牦牛是专门用来驮运给养和帐篷的。它们没有人管束，在苔原上四处乱窜，害得我们只好骑牦牛去追。人追得越紧，它们奔逃得越快。最后把捆在它们背上的给养颠散了，弄得东一件，西一件，狼藉不堪。它们没有驮东西后，显得更野，一阵狂奔，再也找不见踪影。

我们四处找牦牛。但这些聪明的动物似乎知道让它们干的是一桩苦役，所以一见我们的影子，又跑开了。我们骑牦牛追牦牛，总是难以追上。最后人和坐骑都累得直喘粗气，我们也没有把它们抓住。

大家正无计可施，连队派了几名战士，骑着马赶来了。原来连队哨楼上的哨兵用望远镜看到了我们对这几头牦牛穷追不上，报告连队后，连队就派他们帮我们来了。

牦牛就得用马去追才行。战士们很快就把牦牛追了回来。牦牛们不服气地瞪着眼睛，甩着蹄子，喘着粗气。气得向导巴亚克狠狠地把每个家伙抽了两皮鞭。

这一阵折腾，不觉两个多小时已过。我们累了，牦牛也累了，所以再次上路后，它们已老实了一些。

我们用两个多小时走完苔原，路盘旋而上，迎面扑来一股寒意，但见两座危崖突兀的雪山间，高耸着两座冰峰，在正午阳光的照耀下，闪着剑似的寒光。冰峰间有一处高高的隘口，那就是我们今天要翻越的吾甫浪达坂。

两边的雪线在逼近我们。即使正午阳光灿烂，我们仍然感到了铺天盖地的寒意的袭击，大家连忙裹上了棉衣。几位转场的牧民迎面走来。他们赶着绵羊和牦牛，大人骑着马，小孩骑着毛驴，骆驼驮着帐篷和家具，高大的牧羊犬跑前跑后，把那些试图脱离羊群的羊赶回来，并不忘朝我们吠叫，显得非常忠于职守。牧民们见了我们，停住了脚步，远远地朝我们微笑。那数百头羊也停了下来，几乎是一齐抬起头看我们，神情中满是惊讶，好像对我们现在要去它们已经离开的地方感到不可理喻。

原以为骑牦牛是件轻松有趣的事，以为可以把自己带回到童年的美好时光中。现在骑到了牦牛背上，才知道这滋味十分难受。出发才几个小时，全身便疼痛难忍，好像散了架一样。加之又全副武装，身体更感到不堪重负。最难受的是两条腿。牦牛腰身粗壮，肚子鼓圆，骑的时候两腿必须叉开。时间久了，又酸又疼，身体像是劈叉时被撕开了。可能是因为劳累，大家的话渐渐少了。只有巴亚克还在唱歌，他一上路就在唱。有时候用塔吉克语，有时候用生硬的汉语。他唱得忘我而又动情。唱得最多的是一首名叫《黑眼睛》的古老的塔吉克情歌。我听了几遍后，就记住了歌词，再也没有忘记。

不管我打猎上高山，
还是割麦下田间，
不管白天和夜晚，
你迷人的笑脸总在我眼前。

不管我离家走出多远，
高山隔不断我无尽的思念。
你的黑发随风飘扬，
你美丽的眼睛将我召唤。

姑娘啊，你是我的黑眼睛，

我愿把双眼呀长在你心间。

在塔吉克民间流传着许多优美的民歌，情歌是其主要部分。好多情歌已流传了数百上千年，它们从各个方面反映了塔吉克先民对爱情的追求和理解，从中也可窥见其情感世界的丰富。在帕米尔高原，很难找到一个不会唱情歌的人。而巴亚克就是唱情歌的高手。他略显沙哑的声音使他的歌唱多了一份深沉、忧郁与苍凉。

巴亚克几乎是连队的职业向导，他从20多岁就给巡逻分队带路，直到现在。他是距红其拉甫140多千米远的塔合曼乡的牧民，但他只是冬天才回到那里，他的夏牧场像云朵一样飘浮不定，哪里有牧草和水，哪里就是他撑起帐篷的地方。他其实也的确是个像流浪诗人一样忧郁的牧人，精瘦，面色苍老，虽然才43岁，但看上去已像60多岁的人。头发花白，秃顶，花白的络腮胡长得十分茂盛。鼻梁尖挺，眼窝深陷，嘴唇菲薄。他有3个女儿，一个巴郎（儿子），一位老母，他美丽的妻子8年前生下最后一个孩子后不幸去世。他用羊奶把那个无娘的孩子勉强喂活了。他说他是在妻子去世后才爱唱情歌的，他愿意为她像夜莺一样不停地歌唱，直到把喉咙唱破，啼血而死。他和妻子十分恩爱，他说他的妻子比慕士塔格冰山上的雪莲还要美，他们的感情比喀喇库里湖还要深，他们的爱比叶尔羌河的流水还要长。爱和生活的重负把他催老了，而他却风趣地说："我们塔吉克人老得早，但活得久，我们八九十岁了还能骑马放牧。"

我们沿着山势而行，在下午3点多钟终于来到了吾甫浪达坂底下。

这里有一条结着冰的溪流，水在冰下缓缓地流动，发出潺潺的声音。溪流两侧，漫生着浅而细密的牧草，它们已变得跟黄金一样金黄。十多头牦牛和一群羊散在溪边，无忧无虑地啃食着牧草。

有一只狗从低洼处冲出来，冲着我们吠叫。只是那叫声里满是欢乐的东西，所以感觉它是在用叫声欢迎我们——看来它对军人十分熟悉。然后我们看见了一个蒙古包。紧接着，一家老小随着狗叫声从帐篷里钻了出来，热情地迎住我们。

我们都从牦牛背上跳了下来，没有几个人能够好好站稳。我觉得双腿像踩着飘浮的云。一进蒙古包，便忙不迭地卸枪卸弹。好像它们不是冰冷的武器，而是燃烧的火，正在烧着自己。即使靠着棉被，也觉得全身还像是在牛背上颠着。背痛腰酸，骨肉飞散。主人端来了热腾腾的奶茶。我知道，这是最后一顶塔吉克帐篷了，过了这里，再无人烟，也就进入了真正的无人区。所以我慢慢地品尝着，想把这“人间”最后一碗热茶的气息留在心间。

孩子们好奇地看着我们，大人热情地为我们一碗接一碗地倒着奶茶，递着烤馕。奶茶很香，烤馕粗糙，裂缝里塞满了牛粪灰。但我们不管那么多，大口咀嚼着。主人说，因为马上要转场，他们没有下山去买面粉，烤馕的面是他们用石头砸出来的。任上尉马上叫一名中士留一袋面粉给他们，主人一下不好意思起来，一定要去杀一只羊来招待我们。我们阻拦了半天，才把他们劝住。

我们每人喝了三四碗奶茶，吃了一两块馕，精神劲儿又来了。因为时间的关系，我们不敢久留，吃了东西，马上出发。

我回头闻了闻牛粪火的气息，闻了闻奶茶和烤馕的余香，闻了闻牲口的气味。我第一次深刻地感受到了我们生活中的人间气息是那么美好，那么让人留恋。当我向达坂挺进时，我觉得自己正从人间往死亡之域走去。我一次又一次回首那孤零零的蒙古包和那一家目送我们的牧民，以及那一群羊，那几峰驼，那一缕深蓝色的牛粪烟。

翻越吾甫浪达坂

我是第一次这么近地看到白云，也是第一次看到那么纯净的云团。它像浓稠的奶液，缓缓地涌动着。

牧草变得稀疏了。我们已越过雪线，路若羊肠，山势陡峭，寒气逼人，大家一边小心地赶着牦牛，一边裹上皮大衣御寒。

无疑，吾甫浪达坂是我们巡逻路上的第一道难关。每年的巡逻之所以选在8月底9月初进行，是因为从当年10月至次年5、6月间，吾甫浪达坂被深达几米厚的积雪覆盖。而6月之后又因天气变暖，冰雪融化，河水暴涨，致使这两段时间人马无法通行。而8月底9月初，高原气候已变冷，但达坂上还能通行，同时河水不再汹涌，才有可能涉过。

巴亚克走在前面小心地蹚雪探路，我们则骑着牦牛小心地跟进。

每头牦牛都吐着舌头，喘着粗气，流着白沫，尽可能地张大嘴呼吸。我的双腿感受到“白脸”的肚子在急剧地起伏。

由于空气稀薄，我感到呼吸困难。高山反应使我头晕、恶心、呕吐。雪山旋转，天地翻腾。我差点从牦牛背上摔下来，只有死死抓住鞍子，也尽可能地张大嘴呼吸。

高山反应使牦牛更加老实。

阳光照在冰雪上，冰雪又把阳光反射到我们的脸上。强烈的紫外线灼得脸像刀割般疼痛。谁也不敢取下墨镜，因为雪的反光会把你的眼睛灼伤。雪山上的“太阳之吻”可不是轻柔的。我知道，原明铁盖边防连有一名叫范建国的战士在明铁盖山谷执行潜伏任务时，就被紫外线灼伤过。他潜伏到次日中午，突然觉得一股热辣辣的气流扑向面颊，如迎面泼来一盆沸水。他痛苦地一头栽倒在雪地里，双手紧紧捂着自己的脸。待战士拉开他的手时，他两颊已布满密密的红疥子，随之逐渐扩大，慢慢变成了水泡，最后面部浮肿。一天后，他的面部开始大块褪皮，褪了皮的地方留下了乌黑酱紫的疤痕。伤愈后，他的面部除咧嘴时的牙是白色的外，整个脸俨然一块酱油糕。后来他到北京、上海求医，结论是，高原上太阳强光形成的紫外线，在冰雪折射下形成的热焰烧坏了他脸部皮下的脂肪纤维，已无法治愈。从此以后，这个本来俊秀的小伙子，就只能以一张紫色的面孔面对人生了。

任上尉让我们用毛巾把脸包住，以防万一。

这方法很奏效，我不久就感到面部的灼痛减轻了些。

积雪越来越厚，已没至牦牛腹部。

牦牛已喘得如同拉风箱一般。雪光刺得牦牛泪长流，不抽它，它便一步也不想动。抽上几鞭，它们也只挪动几步，便又停了下来。有几头牦头干脆往雪地里一躺，不动了。这有“高原之舟”美称的牦牛成了旋涡里的船。

大家只好停下来，让牦牛休息一会儿。

任上尉让大家相互靠着，不要做过猛的动作。在这样的地方，运动量过大，缺氧会使人窒息。而这里，离隘口还有几十丈高。

往达坂望去，那里不知何时已涌出一团白云，它与冰雪相融，使人难以分出究竟是云还是雪。

我是第一次这么近地看到白云，也是第一次看到那么纯净的云团。它像浓稠的奶液，缓缓地涌动着。

而任上尉却告诉我，那云里裹着雨雪，达坂更难翻越了。

这次上来之前，我们为减轻高山反应带来的头痛，用早已备好的绳子勒紧了脑袋。

牦牛每挪一步都异常艰难。高山反应使我觉得，像有人在用斧头劈我的脑袋。我真想一头栽下去，躺在雪地里永不起来。

碧空依然，阳光浓烈，而这里却风雪交加。大风裹着雪团，朝我们劈头盖脸地砸下来，大家只有转过身子，把脸转向背风面，才能喘过一口气来。风雪搅得天地一片迷蒙。看不见路，也没了路。那风像是达坂固有的，把积雪一层层刮起来，从一个地方卷到另一个地方。这样的地方，因极易形成雪坑、雪沟而更加危险，假如一旦陷进去，就可能葬身其间。

牦牛战战兢兢地走着。我们每个人都捏着一把汗。说话很吃力，风雪把声音淹没了，大家用手势相互鼓励着。

40多分钟后，我们终于登上了达坂。

达坂上果然下着大雪。雪很厚，没过了牦牛腹部，牦牛一走过，牛腹便犁出了一道两尺多深的雪沟。

大家一齐做出“V”字手势，这是表达胜利的最佳方式。因为大家不能大声欢呼，也不能高兴得跳跃。高山反应逼得大家一阵阵眩晕。

达坂的另一面，可见到一条红色的深峡，像是谁把大地狠狠地捅了一刀，正流出红色的鲜血。极目四望，四周原来雄伟磅礴的一座座冰峰雪岭，现在已如池中的微澜。

我们沿着红色峡谷而下，进入了真正的无人区。

无人区的鸟和狼群

天光离我们越来越远，狼嗥声离我们越来越近。

这里是叶尔羌河的源头之一。一线白水，时隐时现。在人烟稠密的地方，哪怕是一座小山，一条溪流，都有它的名字，好些甚至有它的往事和传说。而这条飞流而下、好多河段隐藏在深沟峡谷之间的神秘河流，却连一个名字也没有。它的石头、岸、河床和宇宙一样古老，留有远古的印记，却又使我们感觉它好像刚被天地诞生出来——新得还没有一个名字。

我们在河的右岸行进。自翻过达坂，天就变了。天上阴云密布，时有雪雨。到处是不知深浅的沼泽地。一不小心，就有可能陷进去。我们只有尽可能地绕着山脚走。

无人区自然是鸟兽的天地：奔跑起来疾如劲风的黄羊，肥硕、憨态可掬的金黄色的旱獭，显得笨拙的狗熊，羽毛足有一尺长的雄鹰，凶猛的猎隼，以及成群的高原狼……但是一见我们，它们便迅速隐没了。留给我们的只有大地的寂静——一种自古便有的令人不安的死寂——一切最细微的声响都被这种寂静放大成了雷霆般的轰鸣。因此，牦牛踩在泥沼里的声音，我们的喘息、衣服的摩擦声都显得特别响。大家都默不作声，像是想听到除死寂之外其他生命的响动。又像是在承受，同时在抗拒着某种征服。它使人压抑得直想喊叫。但我们喊叫起来后，那声音反而显得柔弱无力，它被这些寂静吞噬掉了。

雪山被阴云涂上了一层铁色，显得更加森冷，使人总想裹紧衣服。

这多半天的路程已使牦牛老实得像一个刚入伍的新兵。我骑的牦牛去年曾参加过巡逻，所以它一直走在前面带路。老马识途，牦牛走过的路也从不会忘记。走过沼泽地，下了一处陡坡，我们便到了当天的宿营地铁干里克附近。当地离铁干里克还有一小时的路程，因为这里有一片草地，可解决牦牛吃草的问题，所以就选择在这里宿营。

骑了一天的牦牛，腿脚早不听使唤了，大家几乎是滚下牦牛的。

铁干里克用汉语翻译过来是“黄羊沟”的意思。我们没有看见黄羊，倒是听见了狼的嗥叫。在空旷的高原上，那声音显得格外凄厉，令人毛骨悚然。牦牛听到狼嗥声，本能地聚到了一起，围成一圈，屁股朝里，头角朝外，警惕地瞪着发红的眼睛，竖着耳朵，像一个个准备随时为生存而战的斗士。

巴亚克说这是一个狼群，至少有三四十只，大家要防着点。大家一听就很兴奋，一天的疲劳马上烟消云散了。

我问他狼群离这里有多远，他说，最多十来里路，不过，它们很快就会赶过来的。但除非是什么都不顾的饿狼，它们一般不会向我们发动攻击。

天光离我们越来越远，狼嗥声离我们越来越近。那声音一会儿上了山巅，一会儿又进入了峡谷，我能感觉它在群山中像风一样奔跑着。

我们派了警戒人员盯梢，然后便忙不迭地把十余头牦牛的鞍具卸下来。担心牦牛受惊，又一一把它们拴好，然后开始做饭，有的生火，有的洗菜，都想尽早吃上晚饭，倒头睡上一觉。

当夜色合拢，天地之间就只有那一堆柴火照亮的小小的世界了。在那一个不长的时间内，我感到世界是如此的黑。我也第一次感到我们已远离人类，天地之间，我们是那么孤单，又是这么微小。我感到我们战胜不了任何东西，即使是一星尘埃，一缕清风。也就在那个瞬间，我对狼嗥之声感到亲切起来，它好像是我朋友的呼叫。

狼嗥声越来越近，我们似乎闻到了它口中喷出的血腥气。但大家好像根本没有把狼群放在心里，依旧各干各的事。

我已不是第一次听到狼嗥，但群狼齐嗥的凄厉的声音我还是第一次听到，心里不免有些惧怕。关于狼的凶残和可怕我知道得很多，前不久我还在报纸上看到过有关报道，而且就是我当时所在的南疆军区的事儿。说是汽车团的一个汽车兵，在从阿里返回叶城的途中迷路了，他在荒原上转来转去，车抛了锚。他正准备下车修理，狼群围了上来，他赶紧躲回驾驶室。狼群便向驾驶室冲击，他开枪打死了一只狼，那只死狼马上被其他狼分食了，然后群狼仍向他冲击。他又打死了第二只。第二只死狼被吞食后，其他的狼没被吓退，在头狼的号召下，反而越来越多，它们仍不顾一切地向驾驶室冲击，他的车开不走，又无法修理，狼群又不散，后来，他被活活困死在了驾驶室里。

狼群在距离我们一千多米远的地方蹲着。它们徘徊着、嗥叫着，不敢靠近，又不愿离去。绿荧荧的狼眼像明灭闪烁的鬼火，使周围的气氛一下变得恐怖起来。

我们朝着那个方向放了一枪，但它们只惊了一下，慌乱了一阵，又蹲在了原处。

枪声根本吓不走它们，或许因为它们从来就没有听到过枪声。

随着夜色越来越深，天气也越来越寒冷，狼嗥声又使寒意增加了几分。大家纷纷挤到了火堆前，把火当作了内心的依靠。

就在这个时候，我突然听到了一声鸟鸣，随着那声鸣叫，一只鸟从黑暗中飞到了我们的头上，然后栖在了离我们仅一米多远的一块石头上，转动着小脑袋，友好而又好奇地看着我们。当我们都转回头去看它时，它不但没有飞走，反而对我们又一次清脆地鸣叫了一声，像是在问候久别的朋友。我在手心放了几粒米饭，伸过去，它往前跳了跳，啄起一粒米，跳到了一边。我怕惊吓它，然后把饭粒洒在它的身边，让它放心地啄食着。

“这里的鸟没见过人，所以不害怕我们。”

“不知道这鸟叫什么名字。”

“可能是山雀的一种，具体叫什么名字谁也不知道。”

大家不再去想那些狼，都来猜想和关心这只鸟的生活。我不知道这只鸟是因为忍受不了荒野的孤独，还是害怕那无所不在的恐惧，才来到我们身边的。

那鸟吃了米粒，又停在了那块石头上。无论我们说话、走动，它都不惊不乍。它对我们充满了朋友般的信任。

我们围着火堆取暖，有意把另一方留给它，它跳跃着，往前凑了凑。

我不禁为人与鸟之间的这种少有的和谐深深感动。在这荒野之中，我真正感到了生命的平等。我想，在这里，人与任何动物的命运都是一样的。我们对孤独和恐惧的感受一样，对和谐和信任的期待一样，对仁爱和和平的理解也一样。

狼群趁着夜色小心地向我们逼近，我不知道它们是否也是抱着和鸟一样的愿望来接近我们的。

“谁来朝它们再放一枪？”任上尉问。

但没人应答，因为这只鸟的到来，大家似乎都改变了对动物——即使是狼——的看法，要在平时，大家早就瞄准它们了。

过了半天，上尉自己把子弹推上了膛，然后对着狼群所在的方向胡乱地放了一枪。狼群再次停住了，但它们仍没有散去，也没有退却。当月亮升起，天地一下变得明亮的时候，我们看见狼群或蹲或立，月光把它们的身影剪出来，远远看去像一组运动着的雕像。

我们已在心里默认了它们，虽然不能把它们当作可以亲近的朋友，但也没有把它们当作敌人。大家往火堆里添着梭梭草和红柳根，用这种方式使它们不再靠近。

那鸟没有被我们的枪声惊走，而是困倦地闭上了眼睛。

任上尉安排大家两人一组轮流警戒，其他人休息。这里没有一棵树，甚至连荆棘也见不到，那些梭梭和红柳是我们用牦牛驮来做饭的，不能为了这些狼把柴火一夜烧光。火越来越小，最后终于熄灭了，哨兵把手电打开，用它来代替驱狼的火光。

狼群小心地向我们靠拢。我们晃晃手电，它们又向后散去，没多久，它们又要逼拢过来，我们如法炮制，如此反复地彼此对峙着。

我一躺进睡袋就感到自己像悬在一团云上，没有着地，身子像是早就不属于自己了。劳累使眼睛再也不想睁开，但不知为什么，一点睡意也没有。这是我最贴近土地的睡眠，我把耳朵贴在地上，我听到了沿着大地表面传来的声息，士兵的鼾声和哨兵的脚步声、牦牛的反刍和肠胃蠕动的声音、那只鸟的呼吸、狼群的嗥叫和呜呜、贴着地面吹过的风声、浅草被风拂动时发出的簌簌声、河水或快或慢的奔流、月光的移动、山峰上冰雪的冻结、石头的风化、远处动物的奔跑……合奏出天籁般的交响。我听着这样的声音，慢慢入睡了。

我睡得正香，有人叫醒了我。轮到我和铁木尔站4点到6点的哨了。

狼群磨蹭着，不知什么时候来到了离我们仅四五百米远的地方，它们在那里走动，嗥叫，被我们这些可望而不可得的“美食”折磨得狂躁不安。我有些发怵，知道狼群今晚是要和我们对峙下去了。而我更担心的是，头狼会一声号令，让它的部族对我们发动突然袭击。所以我不但把子弹推上了膛，还把枪调到了连发的状态。

我和铁木尔死死地盯着它们，它们也死死地盯着我们。这种动物在与人类的漫长战斗中，以其聪明才智使人类在心灵上占了下风，以致人类只好以一种不是很光明磊落的方式来描述它，什么狡诈了、凶残了、阴险了、歹毒了、狼子野心了，等等。反正极尽诽谤诬蔑之能事，终于把它塑造成了一种比任何动物都让人害怕的人类的敌人。于是便有了《披着羊皮的狼》，有了《东郭先生和狼》，还有狼外婆的故事——几乎在所有的故事中都找不出狼的正面形象，这也让我们从另一个角度看到了狼在人类面前的强大。我们在不停地败坏着狼的名声，却不反观自己对待动物的方式有多卑劣：挖陷阱、下套子、放毒药、端老窝、杀狼崽……所以在狼的心目中，我们一直就是动物界的天敌。对于我们对待它们的方式，在动物界漫长的历史中，一定记得清清楚楚。

大家的鼾声响成一片。我和铁木尔高度警惕，时刻观察着狼群的动静。但我感到自己与其说是在防备它们，不如说是在守护它们。它们给我的感觉也不是来攻击我们的，而仅仅是来看看我们。就在我们快换哨时，它们发出几声凄厉的嗥叫，终于散去了。

只有那只鸟，它栖息在弹袋后面，比所有人都睡得安稳，我不知道它的梦境中有一些什么，不知道它的梦境是否也和我们的一样脆弱、混乱和无序。

横渡北其牙里克河

两边悬崖突兀，峭壁千仞，河水刺骨，激流飞溅，叫嚣喧腾之声在峡谷中回响，让我们感到雷霆就在身边轰鸣，那种不可战胜的力量即使天神闻之也会颤抖。

狼群折磨得大家都没睡好，一个个眼睛红红的，有好几个人都梦见了与狼有关的事。

我们又看见了那只鸟。它在给养、步枪、弹袋之间跳来跳去。我们出发后，它又跟着我们飞了好几千米路。任上尉说，它一定是只吉祥鸟，看来，我们今天的行程会平安无事。

他说得很平淡，但我还是从他的话里感到了今日行程的艰险。其实，出发前我就有了些感觉。因为早上每个人的鞍具他都亲自检查过，让大家尽可能地把东西捆结实，并脱掉马靴，换上轻便的解放胶鞋。

果然，离开宿营地还没两里路，山势便陡然一变，眼前突兀起一条覆盖着白雪的陡峭石岭。石岭经过数千年、上万年的风化，在山下堆集起了十数里长的石坡。乱石累累，怪石嶙峋，好多巨大的石块凭空悬出，摇摇欲坠，像随时准备砸将下来。不时还有流石从山头滑下，发出巨大的轰响。路的一侧，看不见河流，只听见轰鸣的水声，那水声如同雷霆在深渊中运行，震得大地颤抖，让人心惊胆战。牦牛也被威慑住了，不时停下脚步，张起耳朵，一脸惊恐。

我们想尽快走过这惊险的地段，但牦牛不依人，只得任凭它们在乱石中选路。最后，我们只好全部从牦牛背上下来，牵着它们走。现在我才知道选择牦牛作为巡逻工具的好处，原来它不仅耐寒冷、耐劳累、耐饥饿、力气大、脚力好，而且再高的山它也能上，再险的路它也敢走，再急的河流它也敢过。它看似笨拙，其实非常灵活。

过了怪石坡，我们正要喘口气，突然看见了脚下的河流。同时，也看到了危险。因为脚边是万丈悬崖，悬崖下奔涌的河水掀起让人头晕目眩的白色浪花，我目测了一下，那壁立的悬崖至少有300多米高。而那路宽不盈尺，是一条由黄羊、雪豹踩出的小路。没人敢往路边看，即使偶有胆大者，飞快地看一眼后，也会赶紧把头抬起来。我后悔不该骑在牦牛身上，我真担心那细若游丝的小路载不动牦牛那数百千克重的身体，的确，它只要稍不留神就会坠落悬崖，让我与它同归于尽。我不敢想象自己粉身碎骨的情形。但现在从牦牛背上下来已不可能，我在牦牛背上一动也不敢动，恨不得变成空气，让牛感觉不到我的存在。我不敢惊动它，因为骑牦牛人稍微一动，都可能惊了它，使它失蹄不说，还有可能造成这羊肠小路上的拥挤，使其他牦牛发生慌乱。每一个在牦牛背上的人都屏息静气，像雕塑一样。空气好像要爆炸了。好像连风都停止了吹动，连云都停止了漂移，整个世界都满怀担忧地看着我们。时间一秒一秒地过去，极其缓慢，好像每一秒钟都被无限地延长了。我尽量使身体在牦牛背上保持平衡。我可以清楚地听到自己的心跳。

一步，又一步，我浑身冷汗淋漓，牦牛身上也湿漉漉的，不知过了多久，我们终于走过了那段险途，来到了铁干里克。

也就是从这里——溯铁干里克山谷而上，可以通往巴基斯坦。这里以前曾驻有红其拉甫边防连的一个季节性前哨班，守着这条通道，后来撤回了。留下了四堵残墙，一道壕堑。我不知道当年的几个兵在远离连队的无人区是怎样度过那挟风裹雪的日日夜夜的。作为对他们的怀念，大家纷纷靠在残墙上留影。

任上尉让大家好好休息一下，他带着两个民族战士再次为大家勒紧鞍子。

对面是一座铁色的、直插青天的高山，冰雪覆盖，云雾缭绕。我们必须下到铁干里克谷底，爬到那座山的山腰，然后从山腰处下到北其牙里克河边，顺流而行，直到在勒阿甫，才能结束今天的行程。

下到铁干里克山谷的路不太难走，但上山的路却异常难行。同样是一条“黄羊小道”不说，还有风化的漫山碎石，人和坐骑往上走四步，就要滑下来三步。有时一不小心，就会滚到谷底，那些石头尖锐锋利，走了没有多久，我们的膝盖、手、胳膊和脸全都伤痕累累，牦牛的蹄子和脚腕也是血迹斑斑。而前面的路更加陡峭，其实那里已没有路了，只有一线模糊的黄羊走过的灰白色痕迹。任上尉指挥我们分批行进，以防止牦牛拥挤发生意外。一边是高耸入云的雪峰，脚边是更加突兀的悬崖，有些地方甚至崩裂开了数尺宽的裂缝，那一面山体似乎随时要崩塌下去，因为无别的路可走，我们只有在裂缝间行进。走在那里面，像走在末日里一样，觉得一点希望也没有。

3个多小时过去了，我们带着满身伤痕，终于爬到了半山腰。雪线就在身边。俯视山谷，四五丈宽的北其牙里克河现在看起来只像一根丢弃在峡谷里的白线。

俗话说，“上山容易下山难”。下山的路更加陡峭。谁若摔下去，肯定粉身碎骨。走在最前面的巴亚克不停地念着：“胡大保佑，胡大保佑。”任上尉则一遍遍告诫大家，脚蹬紧，手抓牢，思想集中，莫往下看。任上尉、杨军医和萨尔哈力在前面小心地用战备镐铲着脚窝。我们仍分批行进。就这样，当大家到达北其牙里克河边时，每个人都出了口长气，用衣袖擦着脸上的冷汗。

任上尉让我们换上长筒战靴，说，我们要十八次横渡这条河。过河时，大家不要慌乱，不要打牦牛，抓紧鞍子，只看河的对岸，不要看河面，以免头晕、害怕。

河水发出不可一世的轰鸣，裹着雪团，挟着冰块，翻着白花花的浊浪向前涌去。

我对牦牛过河有些怀疑。但凭着自己生在南方，懂些水性，便小心地把牦牛赶下河。河水淹没了牦牛腹部，牦牛一边抵抗着河水的冲击，一边用四脚在河底探着路。据巴亚克讲，只要河水不进牦牛的耳朵，牦牛在水中就稳当得很，而一旦水进了它的耳朵，牦牛在水中就会失去控制力，被水卷走。

小个子战士王赐春骑着一头花白的小牦牛，大家叫它“小花”。那头牦牛有一条漂亮的尾巴，纯白，无一根杂毛。巴亚克说，牦牛尾是过去向朝廷进贡的贡品。小花的尾巴若在过去，进贡时肯定被挑上。小花是第一次参加巡逻，所以面对咆哮的河水，它死活不到河里去。巴亚克只好再次骑牦牛涉过河去，牵着它走。走到河中，小花被河水冲得掉过了屁股，慌乱起来，巴亚克急忙把它稳住，好不容易把它牵过了河。

行了没有一里的路程，两山像是聚拢了，晦暗阴沉，再也见不到阳光，冷风嗖嗖地迎面扑来，让人感到了阵阵寒意。抬头看天，仅余一线。要看山顶，不把帽子望掉是看不见的，而有些地方即使望掉了帽子，也看不到山顶。两山像两个勾肩搭背的亲密汉子，我只能看到他们那由岩石组成的腋窝。

我们现在到了十八峡的第一峡。我问一名老兵，这些峡谷都有名字吗?

他说:“原来没有，包括两边这么高的山，都没有名字，只统称为喀喇昆仑山脉。这些峡谷的名字是我们巡逻时取的。这第一峡叫剑峡，第二峡叫黑石峡，第三峡叫鹰峡，第四峡叫关门峡，第五峡叫飞梦峡，第六峡叫栖云峡……反正每一道峡谷都取了一个名字。经过时我再指给你看，你是作家，如果有取得不好的你可以改正。这些名字是我们巡逻官兵取的，也仅属于我们这些巡逻官兵使用。”

我说这些名字取得很有诗意，也很形象。

峡谷最窄处不足一丈，最宽处也不过四五丈。两边悬崖突兀，峭壁千仞，河水刺骨，激流飞溅，叫嚣喧腾之声在峡谷中回响，让我们感到雷霆就在身边轰鸣，那种不可战胜的力量即使天神闻之也会颤抖。我们就在这大地的缝隙里行进，不停地来回渡河，过了一峡又一峡。每过一次河都是一次考验，每过一峡都面临着未知的新的险情。

过了十二峡，我们今天的路程才走了多半，我们停下来休息。我们吸取过去在河水中行走较久，牦牛蹄的硬壳被泡软、容易脱落的教训，让牦牛先休息一阵，我们也趁机喝着凉开水，嚼了两块压缩饼干充饥。

今天一路艰险，头脑高度紧张，没人注意到身体的劳累，一旦停下来，便感觉到了。好多人一躺到地上，恨不得能躺上三天三夜。

我只觉得头脑与身子、身子与四肢互不相连，分散各处。

只有巴亚克精神最好，他满意地嚼几口干粮，唱几句歌。我听出那是柔巴依的曲调。巴亚克原来一句汉话也不会说，当了20多年向导，汉话已讲得很流利了，我听出了他歌词的意思——

祖国的土地就像所罗门王的宝座，
祖国的每根刺都像紫罗兰的花朵，
优素福在埃及做帝王时的豪华，
也远远比不上故乡穷窝里的恩泽。

所罗门王是古以色列国传说中的国王。相传他十分富有，有黄金铸成的宝座；优素福是长诗《优素福与祖莱哈》中的男主人公，曾在埃及为王。巴亚克唱的柔巴依，在东方文学中是一种重要的创作体裁。而塔吉克民间历来有创作柔巴依之风，有很多作品流传。塔吉克民间的柔巴依有专门的曲调，在同辈人的聚会上，一人操琴，座中人便逐一在乐器伴奏下吟唱自己编的柔巴依或流传下来的柔巴依，形成对唱；青年男女在幽静处倾吐爱慕之情时，也常用柔巴依传言；牧人或行路人也常常高诵柔巴依，借以排遣旅途的寂寞。塔吉克民间柔巴依的格律一如汉族人的古典诗歌，四句一首，结构紧凑，每首阐述一个思想，简洁明快，意味深长。

休息了20分钟，我们继续前进，过了公土峡，走在前面的杨军医的牦牛失前蹄，连人带牦牛滚入河中，顿时成了落汤鸡，捆在牦牛身上的皮大衣和睡袋也水淋淋的。原来，那块倾斜的、表面光滑的石头上覆着红柳，牦牛走在上面，打了滑。冰凉的河水冻得他脸色发紫，浑身发抖。我们赶紧把他身上的湿衣服扒下来，给他裹上一件皮大衣。过了迎晖峡、精忠峡，我们看到了横亘在峡口的一列雪山和映在雪山上的淡红色的晚霞，前面便是我们今晚的宿营地——在勒阿甫。

北其牙里克河在这里汇入克里满河，两河交汇，河面一下变得宽阔起来，水流也更加湍急，它横在我们面前，挡住了我们的去路。

登上一座无名高山

高处的风更加寒冷、劲烈，有一种摧毁所有根须的力量——在这里，你要存在，最好变成一块石头。不然，你会变成世界上最为虚弱的物质。

河中那片绿色的沙滩像一块翡翠，在诱惑着我们，更诱惑着饥饿的牦牛。但这里是两河交汇处，水流湍急，河面较宽，而河水的深浅又无从知道。我们扔进碗大的石头，迅即被河水冲走了。

任上尉决定先探路再说。没想到那些驮给养的牦牛见了河洲上的绿色，早已不顾一切地向河里涌去。驮给养的牦牛比我们骑的牦牛更加高大强壮，但在河水的冲击下也摇摆不定。我们一见，赶紧勒住缰绳，但胯下的牦牛根本控制不住，它们也拼命向河里奔去，队伍一下子乱了。

河水已快淹没走在最前面的那头牦牛。它一到河中间，河水就把它冲了四五米远，好在它终于稳住了。我们想把牦牛赶回来，但它不依人。在河水中，只能由它。我往水面一看，当即觉得自己和牦牛已被大水冲走了，头一下子晕眩起来，觉得自己身不由已地要栽到河水中去。

这时忽然听见任上尉一个劲地大叫：“谁也不准看河面！抓住鞍子，踩牢脚蹬，只管盯着河岸，只管抬起头来！”我得了提醒，赶紧把头抬起，水已淹至鞍子，我的裤裆已湿透了，只看见牦牛头还露在河水外面，冰凉刺骨的河水很快淹到了我的腰部。河水冲击着牦牛，可以感觉到牦牛在水里浑身颤抖，好多次差点被水冲倒。还有几次，我感觉它在水上漂浮起来了，被水带着飞快地往下游漂去。但勇敢的牦牛总是在我绝望的时候踩实了河床。我也尽量保持镇定，将缰绳拉紧，使它能斜着往对岸涉水，以减轻河水对牦牛身的冲击力。已过了河心的巴亚克和任上尉先阻住驮牛，让它们在水中停住，驮牛在上游，以此可减缓河水的流速。战靴里全是刺骨的河水，衣服早就湿透了，身体像是在冰窖里冻着。好在大家有惊无险，平安地到达了河洲上。

难怪牦牛要迫不及待地过河，原来河洲上长满了红柳，红柳间满是肥美的牧草。

昨晚因狼群骚扰，牦牛根本没有吃草，算来已经两天了。今晚再不吃草，牦牛肯定受不了，所以这也是要涉险过河到这河洲宿营的原因。

这里是界碑间的地段，所以中巴双方的巡逻人员均把这里作为巡逻的宿营点。那里有巴基斯坦军人用石头垒起来的用以防风的短墙，石头上用英文或乌尔都文写有“你好，中国军人”之类的留言。当然，也有燃烧篝火留下的灰烬、木炭、柴头，以及一些牛羊的骨头和弹壳。而这些，是我们翻过吾甫浪达坂以来第一次看到的人类最明显的踪迹。这使我们不禁双眼潮湿起来。

因为河水把衣服打湿了，大家把牦牛身上的鞍具卸下来，就忙着去捡干枯的红柳枝，在石墙后烧火取暖。

除了防水的睡袋，我们所驮带的东西几乎全被打湿了。我更惨，我带的相机进了水，根本使用不成了。我看着湿漉漉的相机，像泄了气的皮球，坐在那里，再也不想动了。

任上尉过来劝我，让我赶快把衣服脱了，钻到睡袋里，以免着凉。他说他那里还有个傻瓜相机，可以对付对付。我也觉得自己不能一边发着抖，一边跟自己生气，也就脱了衣服，在火边烤着，然后赤身裸体地钻进了睡袋里。

我们到达这里是下午7点多钟，这里的天黑得晚，战士们把衣服烤干后，并不能休息。任上尉指着河对面那座红黑相间的山峰说："8号界碑就在挨近山顶的分水岭上，我们今天必须去察看，这样才不会影响明天的行军计划。上8号界碑可要吃些苦。谁愿意跟我去？我们马上出发！"

我看了看天色，问："现在去能返回来吗？"

任上尉说："现在距天黑还有3个多小时，我们带上手电，只要上了8号界碑，即使天黑了也能下来，如果8号界碑今天看不了，明天就不能按计划赶到色克布拉克。"

战士们都要求去，任上尉挑了两个人。他让杨军医负责宿营地的管理。他对杨军医说："如果我有危险，我会鸣枪报警，你听到枪声，就马上组织人接应、支援我们。"说完，他就嚼着压缩干粮，拿了枪，准备出发。

我心情不好，躺在睡袋里感到特别没劲，就提出也到8号界碑去。任上尉爽快地答应了。

我们穿上还没有完全烤干的衣服，带了枪弹、手电，骑了强壮的牦牛，朝8号界碑走去。到达克里满河边，找了一处河床稍宽的地方，横渡过河，到了山下，把牦牛拴好，然后徒步往山上爬去。

那座山峰下半部呈黑色，中部呈淡红色，山顶有积雪，所以大家给它取名“三色峰”。它山势陡峭，近于笔直，坡度稍缓的地方都堆积着风化的碎石，虽然我们手脚并用，刚往上爬了几步，又要往下滑一步，有的地方甚至往上爬一步，要往下滑几步。萨尔哈力稍不注意，脚踩在流石上，结果哗啦啦又滚到了山下。好些地方，我们用手脚把碎石刨去，再用匕首凿出脚窝，才能上去。行走一天，昨夜又没睡好，今天早上吃了点汤面条，中午啃了点压缩干粮。晚饭又没吃，肚子早就咕咕地叫开了。我后悔刚才出发时疏忽了一件事，就是只带了干粮，没有带水——而他们三人也都没有带水。肚内饥饿，那干粮又咽不下去，加之高原反应，顿时觉得浑身无力，四肢发软，头晕眼花。我稍歇了会儿，一边把压缩饼干塞进嘴里嚼着，一边暗暗给自己鼓劲——“无论怎样，一定要爬到山顶上去。”如果说其他人是要去完成自己的任务，我则只想攀登一座真正的山峰。这是我在这高原上的一个愿望。

戴着的手套磨破了，手指全露了出来，露出的手指渗着血。

越往上爬，呼吸越困难，步枪也变得越来越沉重，压在背上，如压着一座小山，弹匣也像巨石般附在胸前。人就像是被山和石头挤压着，心脏咚咚地跳个不停，响声如急促的鼓点。每个人都大张着嘴。看不清大家的脸，只能看见大家呼出的一团团热气。

天要黑了。大地只余下最后一线晚光，一只大鹰在雪山上盘旋了两圈，然后飞走了，隐进了夜色里。

我们相互鼓着劲，在晚上11时许，终于来到了界碑前。它就在山顶，我们用手电照着它，发现它异常简陋，仅用石头垒成。我也发现了一块石头上刻的海拔标记：5907米。

我向四面望去，群山起伏着，像黑色（山顶的积雪成了白色的浪花）的波涛，苍茫无际。铁青色的天幕仿佛就在我的头顶，我隐隐可以听见天籁之音和神仙的私语。高处的风更加寒冷、劲烈，有一种摧毁所有根须的力量——在这里，你要存在，最好变成一块石头。不然，你会变成世界上最为虚弱的物质。

我们赶紧离开这里。除了峭壁，只要能够往下滑行的，大家就不管那么多，把枪抱紧，往山下滑行。下山比上山快多了，只用了一个多小时。

群山的根部比山顶要黑暗得多，像浓稠的墨汁，所以，宿营地那堆孤独的篝火显得比星星还要明亮。

由于天黑得伸手不见五指，牦牛瞎窜，一点也不听使唤。我们骑在牦牛背上，凭着手电，也难以辨认道路。想着牦牛走过的路，一定记得，所以只有任着它们去走。不想那牦牛径直往上游走了，走了好半天，还没到河滩，我们才知道走了冤枉路。只得下来，牵着它们，寻找下河滩的路，以便就近渡河。

只听得见水声。凭手电的光根本不知道河有多宽，水有多深，徒增了几分恐惧。

黑夜沉寂，天地间便只有河水的喧嚣之声。牦牛大概是被河水声震慑住了。死活不肯下水。我们想尽了办法，也无济于事。

对岸有手电的闪光，原来是杨军医带人接应我们来了。

也怪，他们一到，牦牛可能是闻到了同伴的气息，自己下水了。

夜晚的河水更加凛冽，由于分辨不出河水的深浅缓急，走在前面的任上尉突然叫了一声，接着只听见扑通一声水响。借着手电的光，我们只看见牦牛在河里沉浮了一会儿，就折转身，没命地朝我们游来。牦牛水淋淋地上了岸，死死抓住缰绳的任上尉也随即落汤鸡似地从水里站起来。

我们也退回到岸上，萨尔哈力把牦牛追回来，任上尉蹲在河滩上，冻得浑身像筛糠一样直发抖。他的牙齿磕得“刮刮”直响，结巴着说：“操！幸好把缰绳抓得牢，不然，今晚就到叶城了。傍晚的衣服还没有完全烤干，这次又湿透了。”

我们沿河而下，重新寻找渡河点。

在接应人员的帮助下，我们找到了原来过河的地方，在那里过了河。

因为任上尉浑身湿透，为了让他少挨些冻，我们拼命赶着牦牛，飞跑着回了宿营地，让他马上钻进睡袋里。

他在睡袋里终于缓过了劲儿，告诉我们：“谁也不知道，那里有个深沟，牦牛失了蹄，我一头栽了下去。身上的枪、子弹、手榴弹太沉，又穿着长筒靴，游不动，我只有拉死缰绳。呛了几口水，脑袋呛蒙了，手差点把缰绳丢了，牦牛聪明，知道往岸上跑，把我带了上来。我一上岸，衣服就冻硬了，真是太冷了，冻得我卵蛋发疼。”接着，他又幽默地说，“不过，身上脏兮兮的，洗了个冷水澡，现在觉得挺爽的。”

大家则以玩笑的口气关心他的卵蛋还能否管用。然后自然引出了这方面的话题，军人式的粗犷笑声一次次响了起来。

向色克布拉克前进

这些沉默的冰山，只需融化掉自己小小的一部分，便足以撼天动地。

色克布拉克的意思是“温泉”，这是一个唯一能让人产生温馨感的地名，每个人都怀着一种特殊的感情在想象着它，有人已想着怎样去泡一个澡。它诱惑着我们早早地出发了。

我们顺着克里满河河岸走了一个多小时后，路在不知不觉中抬升起来，我们走在了陡峭的断崖之上。中国与巴基斯坦以河为界，山是一样的焦枯——好像他们是在火中焚烧了几千年后才被造物主放置在那里的，有一种永远不会冷却的灼人的温度，有一种让人绝望的气息——而天空也是一样的颜色，阴晴变化一点儿也不管人们怎么划的界线。

的确，一切界线都是人为的，它是人类克制自己欲望的需要，也是人类不能把握自己的表现，它更是人类内心隔膜的象征。

又得过河。但以前下河的路已经没有了，大地被河水活生生地切去了好大一块。我们寻找着坡度稍缓的地方，以期能够下到河边去。但没有找到，大家只好从牦牛背上下来，一起用战备锹凿路。地下全是卵石，大家忙乎了半天，收效甚微。任上尉决定用手榴弹进行爆破，他把背包绳拴在腰间，由我们拉着，然后悬到断崖上寻找爆破点。他用铁锹在断崖上凿了两尺深的一个洞，然后把4枚手榴弹捆在一起，放进洞中，把拉线备好，堵牢实后，才让我们把他拉上来。

大家隐蔽好后，他拉了引线，随即便是一声闷响。随着那声闷响，一股黄尘冲上了天空，断崖轰然塌开了一个缺口。

成功了！大家一起向那缺口涌去。

这处断崖是今年的河水冲刷而成的，有20多米高，那4枚手榴弹为我们修建下河道的路打开了一个突破口。但因为我们总共只带了4把战备锹，只有轮换着干，所以耽搁了不少时间。两个多小时过去了，路还没有修到一半。大家都很着急。

路的宽度必须能够让驮牛经过，所以窄了不行。一着急，没工具的人也就闲不住了，匕首、木棍都成了工具，每个人都挥汗如雨。

用了近3个小时，一条两尺宽的路在断崖上诞生了。远远看去，它很像一处褐黄色的伤疤，又陡又直，也仅够通行。

下了断崖后，我们正要松一口气。任上尉说，前面的路也有可能被河水毁掉了，不行的话，你们先在这里啃点干粮，河岸有些草，牦牛刚好也吃点草，我跟铁木尔先去探路。

大家从牦牛背上跳下来，因为开水在凿路时全喝光了，我们便用河水就着压缩干粮，充当今天的午餐。

杨军医把干粮咽下去后，见大家无精打采，就说：“我跟你们讲个事情吧，1996年巡逻返回时，我们曾在这里抓获过两名潜逃人员。”听他这一说，大家都兴奋起来，全围拢到他身边，让他快讲。

他说：“那天，我们被断崖阻在这里，不可能赶往在勒阿甫宿营，就在这里住了下来，等着第二天早上凿路前行。清晨时，潜伏哨发现两个可疑的人相互搀扶着向我们走来。哨兵警惕地监视住他们，等他们走近，一跃而上，用枪顶住了他们的胸口。两人一点没反抗，马上举起双手投了降。哨兵把他们带过来时，两人面如土色，有气无力，一见我们，只求快给他们一点吃的。两人已饿得不行了，一看见食物就双眼发红，拿过东西就狼吞虎咽起来，一口气吃了七八块压缩饼干。通过观察，我们发现他们神色可疑，就问他们在这里干什么，一个说是来打猎，一个说是来放牧。我们更加怀疑，就问，打猎怎么没有猎枪，放羊的话，你们的羊呢。两人支支吾吾，不知该怎么回答了。后来经过审问才知道，他们是准备潜逃到巴基斯坦的，到了巴基斯坦的白沙瓦，再到阿富汗去，参加恐怖组织的训练营。到了吾甫浪，水太大，过不了河，就在那里停留下来，等洪水过去，不想洪水老是不退，最后带的干粮快吃光了，于是他们就想着从在勒阿甫越境，食物3天前就吃完了，他们饿得不行，靠嚼野柳树叶子充饥。后来他们发现了新鲜的牛蹄印和牛粪，以为是牧民的，就准备尾随着来，偷杀牦牛充饥。昨天，他们看到是我们巡逻队，害怕了，不敢再跟上来，后来饿得不行，不跟上我们，就只有饿死在这荒山野岭中。饥饿使他们什么也不顾了，两个家伙主动走了出来，为了不被饿死，当了我们的俘虏。”

听了他的讲述，我已知道，凭我独自一人来这里探险，可能寸步难行。这枯槁的群山隐藏着的艰险的确太容易使人绝望。我不知该怎样表达对建议我与巡逻队同行的张上校的感激之情。我原来那么自负——以为无论如何，我都能够到达自己想要去的任何地方，现在看来，是我对这高耸的群山太缺乏了解了。

任上尉和铁木尔返回了。他们带来的消息一点也不好——前面的路已毁，原路很难修好，只有从河里涉水绕行。任上尉接着说，现在融化的雪水还没那么多，中午才能到达这里，如果注意点，还可以通行。

大家一听，赶紧出发。原有的路已没了踪影，只有断崖和悬着的巨石。这里河道狭窄，河水湍急，我们尽量傍着河岸走，但好些时候河水还是淹到了鞍子。

任上尉坚持走在最前面探路。他马术不错，“牛术”一般，加之昨天摔进河里，伤了脚，所以显得有些笨拙。大家都尽力走快些，因为挨近中午，上游融化的冰川的雪水马上就要涌来，只要天气暖和，这便会与大海涨潮一样准时。

我们顺河走了近4千米路，河面才稍宽了一些，我们终于看到了一处稍经修理便可爬上去的陡坡。

大家来到陡坡下，又开始修路，然后过河。

河水声震撼着高原，激荡着河谷，从远方传来，越来越近。紧接着，清澈的河水浑浊了，水位一下子增高了许多。这些沉默的冰山，只需融化掉自己小小的一部分，便足以撼天动地。而天空是如此晴朗，使你觉得这些涌来的大水一点也不真实，因为它与天空没有任何关系。

我们都有些吃惊，而更多的是侥幸——侥幸在洪水来临之际赶到了对岸。

上了陡坡，河的对岸便是巴基斯坦，对岸的山离河较远，从河岸到山下是一川荒野。有一条比较平坦的道路，那是巴方过去的巡逻路线，但自从他们用武装直升机巡逻以来，那条路上便只有野生动物的足迹了。而我方的路则蜿蜒在悬崖之上，形似犬牙的石山从河岸笔直地直刺云天。没有一棵树，好些地方甚至没有一星草，只有流石不时滚落下来，在河中击起丈余高的水柱。我们一边走着，一边小心翼翼地提防着那些不时滚落下来的石头。

正在这时，走在前面的王赐春叫了声："快看，有黄羊，好大一群黄羊！"

我们顺着他手指的方向看去，只见一大群刚在河里喝足水的黄羊正慌乱地向山上涌去。

任上尉嘴里叫了声麻烦，命令大家立即停止前进，然后密切注视着黄羊行进的方向。

黄羊在悬崖上奔跑起来如履平地，所经之处，乱石滚滚，黄尘迷漫。被它们踩松的石头不停地滚进河里。它们爬上半山腰后，径直朝我们头上的山峰涌来。任上尉叫大家赶紧开枪。他说："得让它们赶快调头，不然，等它们来到我们上方，就来不及了，它们弄下来的石头会把我们全部砸成肉酱。"

我们朝着黄羊群放了几枪，羊群惊了一下，停住了。但马上又按原来的方向更快地奔跑起来。

我们本不想伤害它们，但它们带来的危险已快到我们头上。此时，若不把跑在前面的头羊打死，它们就会继续朝我们跑来。

萨尔哈力素有"神枪手"之称。他端起枪来，随着枪响，一头与毛驴一样大小的黄羊便从陡岸上滚了下来。其他的黄羊愣住了，随即调转方向，没命地朝山顶跑去，一会儿工夫，便消失到了山的另一面。

巴亚克掏出随身带的小刀，不到10分钟，就把那只黄羊剥好了，剥一只羊对他来说，跟我们削一个土豆一样容易。他把内脏甩掉，一边用衣襟擦着刀上的血，一边说：“这个家伙嘛，200多斤，把里面的东西挖掉，牦牛驮着嘛，轻松。”说完，他把黄羊往牦牛身上一捆，自己也随之跨了上去。

晚饭有了一顿大块肉。大家觉得前进的步子似乎也快了许多。事实上，这是无论如何也快不了的，也不敢快。因为没走几步，大家都要停下来，看着前面的路段有没有危险。大大小小的石头仍不时从前面的山崖上轰然滚下，让人心惊胆战。据说，就在这段路上，曾经有3头参加巡逻的牦牛被山上滚下的石头砸成了肉酱。

我们彼此之间一直以三四米的间距行进，把脚下的路、包括生命都交给了牦牛。大家脚尖点着脚蹬，以防牦牛受惊，也便于在有牦牛滚下山时逃生，另外眼睛还死死地盯着山崖。我自己手心里全是汗水。因有极大的危险，我心中早已忘记了河水的咆哮和脚下道路的险要。

13千米路程，我们竟走了5个多小时！

然后，我们看到了11号界碑。从这里到色克布拉克还有4个多小时的路程，看来，今天要摸黑赶路了。

平安地过了飞石路段，我们都松了口气。但没走多久，我们意识到那口气松得早了些。走了不到一个钟头，前面一条飞流直下的河水拦住了我们。那水流非常急，斗大的石头一推下去就冲走了。牦牛一次次下去，又一次次慌乱地退回来。巴亚克急了，决定让驮东西的牦牛先过去，但这些牦牛往前走了几步，也马上退了回来。无奈之下，我们只有沿河而下，寻找河宽水缓的地方。沿河走了一里冤枉路，才找了一处稍宽些的地方。巴亚克先过河，把背包绳甩给我们，然后把我们一个个拉到了河的对岸。即使这样，铁木尔过河时还差点出了意外，他骑着牦牛走到在河中间，牛蹄在石头上一滑、身子一歪，差点把他甩到了河里。他敏捷地一把抓住牦牛鬃，正要重新跨上牦牛背，搭在牦牛背上的大衣掉进了水里，随即被冲得没了踪影。

夜幕降临，我们在月光和雪光映照下继续前进。月近中天时，我们终于赶到了色克布拉克。

一路想象着的温泉被夜色掩盖着。只有隆隆响着的水声和月光下树林朦胧的剪影。但我们仍然闻到了水草和树叶散发的香气。

这样的地方是应该有些传说的，但是没有。它真正的传说一定有过，但因为人迹罕至，才被遗失了——传说毕竟是由人创造和传述的。

大家让我一定要给他们创造一个。我答应了，至今还记得大意——

很久很久以前，这里住着一个成仙的红尾鲤鱼，名鲕。她是西海龙王疼爱的侄女。早在青藏高原和帕米尔高原都还是一片瀚海的时候，这里便是她的家园。她知道很多年后，唐代高僧玄奘去西天取经返回长安时要途经帕米尔高原，决定以心相许。虽知唐僧是佛门中人，但她依然爱他。后来，大海消退，山脉隆起，海中的神怪生灵都迁走了，唯有鲕留了下来，等待玄奘。龙王见侄女铁石心肠，执意不肯离开，便施展法术，从大海接了一股水来，以便鲕能生活下去。后来，唐僧经过帕米尔高原时，鲕帮他翻过了海拔5000多米的苏巴什达坂。唐僧修成正果后，非常感激鲕的情谊和帮助，为了报答她，他特请观音将这寒冷的泉水变成了温泉，以使鲕能舒心地生活。

有神居住的地方谓之“神居之地”，而这自然只是我的一种想象，一种对美好生活的向往，一种表达挚爱之情的方式。但这个故事对任何一个行走在这群山之中的、疲惫的身心来说，无疑都是一种慰藉。

解鞍之后，看看表，已是夜里12点钟。任上尉安排一部分人做饭，一部分人收拾住处。

明月当空。四周罩着薄薄的水雾。篝火燃烧起来，林中不知名的夜鸟被火光惊飞，鸣叫着消失在朦胧的月色里。

大家已忘记了疲惫，都有些莫名的兴奋。巴亚克甚至在篝火前跳起了鹰舞。他舞姿健美，风格纯朴，步法矫健灵活。动作舒缓时，两肩微微上下弹动，如溪水缓流；急速时，盘旋俯仰如鹰起隼落，刚强有力。他乐观的天性深深地感染了我们，大家也跟着他胡乱舞蹈起来。

然后，我们开始烤黄羊肉。大块的黄羊肉在火里吱吱响着，快烤熟的时候，再撒上一点孜然和盐巴，香味弥漫开来，没有比那更香的美味了，这也是两天来我们吃得最好的晚餐。唯有不足的是酒不多，只带了5瓶。部队下戒酒令已经一年多，这5瓶酒还是由于任务特殊，中间又有中秋节才让带的。这使巴亚克觉得最没劲。按他的说法，他一天不喝酒嘛就没劲，一次没个半斤八两嘛，也没劲，以前巡逻嘛，酒是“吐鲁吐鲁（多）”的。现在酒少嘛，没劲。他要求要喝就把5瓶全喝掉，不喝就算了。但今晚只能喝一瓶。12条汉子，一瓶酒只够润润唇。大家就用手榴弹盖儿当酒杯，慢慢喝，喝得郑重其事，喝得有滋有味。

吃饱了，大家纷纷跑到温泉，泡起澡来，一入水中，便觉浑身通泰。当晚那一觉更是睡得沉稳舒服。一早醒来，我记起昨夜做了一个很美的梦，梦见一个仙女，可能就是鲕，在温泉的上游吹箫。箫声舒缓，溪水流得舒缓；箫声沉郁，溪水也就流得滞凝。

天一亮，大家就钻出睡袋，迫不及待地向四处看去。沿沟两侧约20米之间的地域长着古老的胡杨和红柳，沟两侧是被水冲出的累累巨石。那一溪温泉泛着白浪在茂密的丛林里时隐时现。还有一株唯一的古柏，挺拔在距水两丈高的石岩上，高约3丈，粗约10围，根如盘龙，苍叶虬枝，有如临泉而居的高人雅士，这是我在帕米尔高原第一次见到柏树。这溪由数股温泉汇成，这条绿色林带长约3千米。从泉眼一直延伸到河岸，泉眼以上是一条光秃秃的山沟，而挺立的山峰上也是寸草不生。真让人疑惑这一沟绿色，如果不是神赐的，便是被神所遗忘的。

行进在中巴边境的栈道上

这些地名读起来就像一曲残缺的古典乐章，散布在这些冰峰雪岭、山川河谷之间。一叫它，就拨动一下你的心弦，然后戛然而止，让你只能在遗憾中回味和联想。

我们趁早饭前的机会匆匆游览了温泉“胜境”，又进去泡了一会儿温泉，便整好行装，准备出发。

出发前，任上尉介绍了今天的行军情况。他脸色严肃地说：“今天的行军异常艰苦，有很长一段路程是在栈道上行进，其余路段也大多在悬崖峭壁上。稍不小心，就有危险，所以今天大家还是穿胶鞋，赶着牦牛走。人与人之间至少保持两米左右的距离。大家务必集中精力，遇事沉着，不要慌乱。”

果然，走了不到两里路，路就没有了，一道30多米高的陡壁拦住了我们。用了两个半小时，我们才把路凿通。

爬上陡壁，不知是谁用石头垒了两个高台，每个高台上各放了一具盘羊的头骨。这高台不知垒了多少年了，盘羊的头骨已经风化，只余下盘了三圈多的粗壮的羊角。牛头和羊头是塔吉克人心中的图腾，可以避邪驱灾，保佑人逢凶化吉。

这时，走在最前面的任上尉传下话来，说前面已是栈道，大家收拾利索一点，准备徒步。

我看了一眼挂在悬崖峭壁上的栈道，问巴亚克：“这么险的路，以前巡逻时怎么过去的？”

他说：“以前嘛是把牦牛放在色克布拉克，人嘛从这里爬过去。因以前巡逻到吾甫浪嘛就返回，不带牦牛可以，但到吾甫浪才到13号界碑。而实际的巡逻地点嘛一直要到乔戈里峰下的因地拉科里山口的第18号点，也就是说，红其拉甫边防连守的边境线嘛一直到那里。”

任上尉候在一处悬崖上，示意我们从牦牛背上下来。然后让我们先候着，他带着一名战士在前面探路。除了枪弹，他们把其余的东西全挂在牦牛背上。然后，他俩牵着牦牛，一人拿着一把战备锹，小心地、手脚并用地一步步往前爬。好像他们不是走在栈道上，而是走在一根钢丝上。

克里满河乱石累累，白浪滔天。巨大的轰鸣声震得山摇地动。河岸上堆积着无数被摔死的黄羊和牦牛的白骨。他俩走几步，就得用战备锹挖脚窝子，然后才能继续前进。这是高原，海拔很高，走路本来就很吃力了，更何况是这样的险途。我们尽量不去看河底，尽量不去看河岸上的白骨。

我感觉枪弹越来越重，头也有些晕眩，胸闷气喘，萨尔哈力让我歇歇，并让我把枪给他，我不肯。因为前面便是栈道，看起来，那的确是一条路，但那路却格外危险。那栈道是在峭壁上先凿了石洞，再横穿着碗粗的木头，然后，在木头上铺上木板、杂树之后，再铺上石头。由于已有十几年时间，有些木头已经朽烂了，好几处有了脸盆大的窟窿。所以，我们只有尽量靠着石壁走。

我现在更加佩服这些看似笨拙的牦牛，它们既机灵，又聪明、勇敢。它们无畏地走在我们前面。它们对脚下的路似乎有一种天然的感应，知道何处可以下脚，何处绝不能行走，它们的体重是人的好多倍，所以只要那栈道能承受它们的体重，我们跟着它们走，就绝对是安全的。

但还是出事了。一头驮运给养的牦牛身体失去了平衡，踉跄了一下，一头栽了下去。我们只听见一声短促的哀鸣，它便已在乱石堆里成了一摊肉泥。远远看去，像一朵骤然开放的红花。

我们停住了，心里涌起一阵悲伤。

我们失去了一位“战友”——一头最雄健的牦牛，在平地它可驮运七八百千克给养，我们叫它“大力神”。这是它第四次参加巡逻了，虽然每次都有牦牛累死、摔死，但前四次它都平安无事，没想到这次却未能幸免于难。

我们脱帽向这位巡逻路上的牺牲者默哀致敬！

牦牛们都停了下来，望着悬崖下遇难的同伴，也像是在默哀，有两头牦牛还低哑地叫了两声。

牦牛驮的给养彻底报销了。我们就是再节约，也至少有两天得挨饿。

3个多小时后，我们心惊胆战地总算把栈道走完了。而我们仍觉得自己身体的重心在向栈道右边靠着岩壁的一侧倾斜，觉得脚下仍是晃晃悠悠的栈道。过了里斯马姆，我们勘察了12号界碑。前面的路虽然很艰险，但我们已不觉得了。渡过了阿克吉勒尕河，翻过一个隘口，路好走了一些。到傍晚8点40分，我们看到了一片开阔的沙滩地。

那就是吾甫浪了。

河水声越来越大，那是克勒青河的水声。克里满河由此汇入其中。

夕阳笼罩着河川和雪山，笼罩着高大的第13号界碑。大家都高兴地在界碑前合影留念。

我不知该怎样表达自己激动的心情，只一个劲儿地挥动着手中的步枪。

我曾经想知道帕米尔高原上很多地名究竟是什么意思——就像我现在想知道吾甫浪是什么意思一样，但很多地名本来的意思连这里的乡亲也说不确切，好像只有远古的风雪知道了。卡拉苏、阿然保泰、卡拉其古、明铁盖、托克满苏、克克吐鲁克、帕尔哈德、苏巴什、色勒库尔、答布答尔……这些地名读起来就像一曲残缺的古典乐章，散布在这些冰峰雪岭、山川河谷之间。一叫它，就拨动一下你的心弦，然后戛然而止，让你只能在遗憾中回味和联想。

红其拉甫边防连原来就驻守在这里。1968年由此移防到红其拉甫达坂下。营房的轮廓还在，在沙地上开垦的菜地还在，当年栽种的红柳已死了，但枯树还在。营房规划整齐，菜地平整方正，胡杨一行行，一排排，一切还充满着军营的气息，还可以感到一股军人之魂在这里萦绕。

我们驻扎下来后，才知这里气候反常，热得要命。任上尉不禁焦虑起来。他带上我和萨尔哈力骑牦牛向河边走去，河水汹涌，浊浪滚滚。他说："气温在这几天不降下来，恐怕我们无法到达塔吐鲁沟，也无法前往乔戈里了。"

我问："为什么？"

他说："只有气温下降后，冰雪才会停止融化，河水流量才会减少，我们也才能涉过克勒青河。你看，这河的发源地在巴基斯坦的维尔哲拉布冰河和我方的乔戈里峰。只要气温上升，这两个地方就会源源不断地提供雪水。"最后，他又补充了一句，"看来，你要到达乔戈里峰下是很难的，不过，我们要尽力而为，能前进一步，就一定会往前走。"

我只好满是遗憾的、极不情愿地点了点头。

在吾甫浪度过中秋

明月照耀着群山，雪山在明月下闪耀着光芒。这是我离家最远的一个中秋。我从来没有那么思念过我的亲人和朋友。他们散布在尘世之中，被尘世的灰烬所笼罩，现在却像星辰一样明亮。

这一带的山以棕色和铁锈色为主，只有三座山上堆着些凌乱的积雪，山上悬着的天空依然湛蓝，云白得如同刚从苞蕾里绽出的棉花。高空中偶尔会出现一只鹰。荒岭间不时可见到一大群不慌不忙的黄羊。如果没有河水拍击河岸的声音，一定可以听见阳光的倾泻之声。但主要的感觉还是令人绝望，这块被遗弃的地方所呈现的完全是世界刚刚毁灭时的景象，没有人能打破这里的死寂。

牦牛已饿了两天。这里除了河岸沙地上偶尔一丛生长的节节草之外，再无别的植物。这种草牦牛闻都不闻，它们的肚子已饿得塌了下去。就凭这一点，这里也不是久留之地。

我们只有改变计划，向塔吐鲁沟出发，寻找到水草后，再设法向乔戈里方向前进。

当晚雨雪交加，我们都没有睡好，次日一早我们向塔吐鲁沟进发了。大家都心怀侥幸，希望能够顺利到达目的地。

走了不久，我们发现了一片草地，还有一小股温泉，几株胡杨，数丛红柳。

大家像发现宝地似的欢呼起来。任上尉特别高兴，因为假如到不了乔戈里，我们便只有在吾甫浪驻训了。而这里是天赐的驻训点。

如果顺利，从这里可以到达新藏公路的麻扎达坂下，但这条通道罕有人踪。

有了可供落脚的驻训点，我们继续向塔吐鲁沟前进。前行的道路不时闪出一道宽数十米、深达上百米的深谷，那是山洪冲刷而成的，我们只有绕到深峡的尽头，才能过去。就这样，十来千米路我们走了近一个上午。然后，一道深不见底的峡谷再次拦住了我们，我们想了很多办法，都没能过去，只好返回，在断崖上凿路，下到河岸。又前进了两千米多，克勒青河猛一拐弯，河床变窄，河水深达数十米，咆哮着冲击得河岸颤抖，水沫飞溅，白浪翻涌，我们再次停了下来。萨尔哈力和铁木尔骑牦牛往上游河宽处寻找渡河点，但牦牛没走两步，水就没到了鞍部，牦牛没命似的只管回头往岸上蹿。最后，杨军医和我只好携枪带弹看能否攀着河岸上突兀的怪石，然后从那里过去。

我自小生活在四川的大巴山区，有一定的攀崖爬壁的经验。我手脚并用，异常小心地往前爬着。河水猛烈地撞击着岩石，然后又飞溅开去，令人心惊胆战。往前爬行了40多米，一块巨大的突兀的岩石横在前面，再也过不去了，我只好爬回来。岩石上是高达数十丈的断岩，像刀劈出来的一样整齐，看上去，像高大的城墙。再往上便是直刺蓝天的雪峰。除了涉河，这里是插翅难飞。而要渡河，只有在11月中旬到次年5月份之间，趁冰雪未融之际才有可能通过。

英国探险家扬哈斯本曾经来过这里，并渡过吾甫浪河。他是一名英军驻印度密拉特龙骑兵近卫队的军官，他的身份让人不得不怀疑他探险的纯洁性。但他在《帕米尔历险记》中所记叙的有关这片高耸于尘世之上的高原的一切还依然如故。山脉、冰河、荒原、天空依然是那样荒凉。

到不了塔吐鲁沟，我们只好返回。没有到达目的地，就如同一场战斗只打了一半，大家都有些丧气。

当晚是中秋节。我们带的卤牛肉发了霉，有了邪味，但也只剩下一点了。我们没舍得扔掉，把它用开水烫过后，又用油过了一遍，用剩下的几棵葱炒了份葱爆肉，然后又用醋拌了一份火腿肠，炸了一碗油泼辣子，这就是当天的晚宴了。任上尉也有些抱歉地笑了笑，对大家说：“这节过得有些寒碜，大家见谅。不过今天月色很好，这里也无遮无挡，可以好好地观赏。”

中秋，这是一个为分离的人安排的节日。对于团圆的期盼，自古以来似乎就带着苦涩而浪漫的气息。在众多的节日中，中秋是最富感情色彩的一个节日。军人把自己因为职业缘故而产生的对父母未尽的孝、对妻子未尽的爱、对子女未尽的责，都放在这个节日里予以表达。所以，这个节日对远离家乡的军人来说，就显得更为神圣和重要。

巴亚克扛来了装馕的口袋，指指说：“馕嘛，可以代替月饼！”

那馕被牦牛驮着，过了多少次河，就打湿了多少次，打湿了，又干了，干了，又打湿了，早成了碎块，好些已生了霉，加之牛汗的浸透，那风味天下唯一。但即使是这样的东西，大家也就着油泼辣子，吃得所剩不多了。加之最近两天，天天吃方便面，吃得大家痨心寡胃，见了方便面就发呕，所以，馕就显得格外香。

这时，大家更怀念那头栽到悬崖下的“大力神”了。我们就是相信它在这路上已走了好几个来回，不会有什么意外，所以把好多好吃的食物都驮在它身上的，没想它最后遇难了。

我们“乒乒乓乓”地嚼着馕——发出的响声好像是在嚼石头，喝着酒。食物的缺乏并没有怎么影响大家的心情，我们把篝火烧得很旺，在篝火前又唱又跳。

明月照耀着群山，雪山在明月下闪耀着光芒。这是我离家最远的一个中秋。我从来没有那么思念过我的亲人和朋友。他们散布在尘世之中，被尘世的灰烬所笼罩，现在却像星辰一样明亮。

我同时也感受到了命运的力量，没有它巨大的手的操纵，人世间这最为雄阔的高原将只会永远在我梦境之外。

我不知道枕着明月入睡的士兵有多少人梦见了故乡，只是除了哨兵，没有人知道凌晨下起了大雪。当我们从帐篷里钻出来，到处已是银装素裹。我们都很高兴，感到上天有意在帮助我们，这样的天气正是我们所盼望的，因为气温一下降，积雪不再融化，克勒青河的水位就会降下来，我们就可以涉水渡河了。

我们充满希望地等了一天，然后任上尉挑选了身体好、水性好、骑术精的人员组成乔戈里巡逻小组，任上尉任组长，杨军医任副组长，我、铁木尔、萨尔哈力、巴亚克任组员。其余4人在宿营地留守，并负责接应。我们携带了枪弹、睡袋和3天的干粮，骑着挑选出来的最健壮、最高大的牦牛，踏着积雪出发了。

我们在渡克里满河时，感到河水流量明显减小了，心中便对到达乔戈里充满了希望。从吾甫浪到乔戈里分布着14、15、16、17、18号界碑。从17号界碑到达位于乔戈里峰因地拉科里山口的18号界碑，都是海拔5000多米到6000多米以上的冰山，无路可以通行，凭徒步很难到达。

12时许，我们到达了克勒青河河边，但见河水浑浊，河宽处近100米，最窄处也有35到45米，一米多高的恶浪夹着冰块，裹着雪团汹涌向前。整个河流如一只出笼的猛兽，显得不顾一切，不可一世。

我们选了第一处渡河点，萨尔哈力自告奋勇地先去试探河水的深浅，我们把准备好的背包绳接起来，让他系在腰上，我们在岸上拉着他。他往河里走了没到5米远，河水即淹没了鞍子，牦牛被河水冲得站立不稳，死活不肯再前进一步。萨尔哈力只好返回岸上。我们又寻找了3处渡河点，但都因河深水急，渡河没有成功。我们仍不死心，溯河而上，希望能找到一处河宽水缓的地方试试。往上游走了半个多小时，终于在北纬36° 34′ 47″、东经75° 55′ 48″处，发现河水被分成了3股。我们不由一阵高兴。涉过前两股稍平缓的河水后，在下午4时30分，我们就着河水咽了块压缩干粮，然后开始渡第三段湍急的河流。任上尉带着杨军医和萨尔哈力，用塑料袋把牦牛耳朵堵住——以免河水灌进去，然后，相互用背包绳拉着，小心地向河里走去。到了近20米处，接近河心的地方，水位一下子高了，走在最前面的任上尉骑的牦牛只剩下了抬起的牛头。牦牛在河里慌乱起来，差点把他摔进河里，好在他富有骑牦牛经验，一看情况不好，一边使劲把牦牛绳往上拉，一边调过牦牛头。上岸后，他腰以下的衣服全都湿透了。他喘了一口气说道，河水还是太深。我们见他嘴唇已冻得青紫，忙给他裹上一件大衣。

“怎么办？”杨军医问任上尉。

“如此收兵，总不甘心。”任上尉说。

“我有个办法，那就是把第三股河的河水引进第二股和第一股来一些，它的水流量减少了，我们也许还有希望过去。”萨尔哈力建议道。

“这办法有点笨，但也没有更好的办法了，大家就吃点苦吧。”任上尉同意了。

奋斗了两个多小时，我们个个搞得水淋淋的，终于有了点收获。第三股河流河口处的浮沙和卵石被刨开了，有一部分河水分别涌入了第一股和第二股河流中。下面是坚硬的河床，再也刨不动了，我们也没有力气再刨了。巴亚克拾来红柳根、骆驼刺，在沙洲上点了堆火让我们暖了暖身子。

任上尉甩掉身上的皮大衣，跨上了牦牛背，决定再试试。

巴亚克仍有些担心，他说：“1986年的天气比现在嘛冷，我当时给中巴（边境）联检人员嘛带路，走到这里嘛都没有过去了，只好返回，一直待到10月中旬嘛才又进来。”

巴亚克自然担心，他是向导，主要是负责带路的，所以担心我们的安全；还有就是担心牦牛，这些牦牛是他在老乡处租的，现已摔死一头，再有什么伤亡，虽然部队要负责赔偿，但他向乡亲去租时，是给人家保证要完好地还人家的牦牛的。

但任上尉决心已定，仍带着杨军医和萨尔哈力，仍用背包绳相互拉着，向河水中走去。到了河中间，水已淹了鞍子，但比刚才好了些。我们都不由地屏住了气，紧张地看着他们。

眼看他们就过了河心，这时，从上游漂来一块餐桌大的浮冰，直朝杨军医和他的坐骑冲去。我们发现后，大叫着让他赶快闪开。河水声音太响，他没有听见，但他也发现了，他朝牦牛屁股猛抽了两鞭，牦牛没命地往岸上蹿去。但还是迟了。浮冰将牦牛猛地冲翻，河水随即把牦牛和杨军医卷走了。

任上尉全力拉着背包绳，但杨军医的手把背包绳松开了。河两岸的人都沿着河岸飞奔，我们不时可以看见河水把杨军医和牦牛卷出水面，又无情地把他们按进水里。可以感到杨军医仍死死地抓住牦牛缰绳。有一次，牦牛挣扎着从河里向岸边扑去，差点上了岸，可那块尾随着的浮冰又将他们撞入河中，好在这一撞，那浮冰漂到了他们前面，解除了威胁。

100米、200米、300米……杨军医仍在水中挣扎。

我们呼喊着他的名字，我们的声音已越来越绝望。

河流在前面拐了个弯，浪头将他们往岸边一推，牦牛不顾死活地趁机往岸上一跃，把拽着牛缰绳的杨军医从河中心拉了出来。赶上前去的任上尉和萨尔哈力奋不顾身地冲进河里，把他救上了岸。杨军医的迷彩帽、风镜都被河水冲走了，身上多处受伤，驮在牦牛身上的皮大衣和干粮也留给了克勒青河。牦牛的右腹和后大腿也分别被冰块撞了4寸多长的伤口，鲜血直流。

他们给杨军医烧了一堆火，然后在绳子上拴了一块石头，把绳子甩给我们，我们再把它拴在腰上，准备过河。铁木尔先过去了。然后轮到了我。我小心翼翼地往河里走去，缰绳使劲往上提着，以使牛头不被河水淹没。水淹到了我的腰部，河水中的冰块一次次撞击我，每一次撞击都像谁在用一把钝刀使劲地砍着我的腿。我感觉到牦牛在河水的冲击下，好几次漂浮起来，而每当有冰块或石头撞击它，它的身体就会猛地打一阵颤。我已忘了害怕，忘了危险，只想着蹬紧脚蹬，抓牢缰绳，夹紧双腿，想着彼岸。

我终于过了河，然后，巴亚克也过来了。我们看望了杨军医，他浑身被撞得青一块紫一块的，腿上还流着血。他脸色苍白地对我们说：“没事儿了，大难不死，必有后福。”

我们围着火堆，裹着大衣，烤那被打湿的衣服。这一路，我们已好几次不得不赤身裸体了。但这次感觉更不相同，身边就是漫山遍野的雪，寒风从河谷里呼啸而过，即使有火，大家也冻得直跳。

我们全部过河后，天色已经不早了，只好在这里过夜。

杨军医已不能继续前行，我们留下铁木尔照顾他，余下的人继续前进。

前面纯粹没有人的踪迹，也没有路了，连“黄羊小道”也看不见了。脚下是咆哮的冰河，头上是连天绝壁，连天绝壁之上是倒挂着的、不知多少年的冰柱，再上是高耸云天的冰峰雪岭。冰河和来自冰峰雪岭的寒冷从上而下袭击着我们，永不停歇的风在峡谷中来回冲撞着，鬼哭狼嚎一般。自我们进入峡谷两天以来，我们就没有看见日头，其阴冷刺骨如在地狱。

第三天下午，我们看见了远处海拔8611米的乔戈里峰。她俊逸高拔的身姿在夕阳的笼罩下显出几分虚幻和神秘。她是我梦想中的山峰。在我心中，她是一位威严中透着慈爱的母亲，正看着我们这几个向她走近的孩子。而我没有想到的是，我还看见了另外4座高山，回来后我通过查找资料，知道它们就是格夏布鲁姆群山，其海拔均在7800米以上。在这里，我可以很清楚地看到冰川，只是非常遗憾的是，我的相机已不能用，无法在我的镜头中留下它们那雄伟壮丽的身姿。

能看到乔戈里峰的地方，离14号界碑也就不远了。又走了3个多小时，我们终于看到了界碑。当晚，我们就在界碑下宿营，嚼了根火腿肠，吃了块压缩干粮，就扒开积雪，钻进了睡袋里。在轰鸣的河水声中，在从远处传来的狼嗥般的风声里，在寒意凛冽的月光下，我们抱着枪，枕着弹匣，在这荒野里入睡了。

那天晚上太冷，我们根本没有睡着。这里只有石头、冻土和冰雪，没有任何可供燃烧的东西，所以也就没有火。大家裹着大衣，睡在睡袋里，还是冷得直哆嗦，没有办法，就只好天南海北地扯着家常，好容易挨到了黎明。天刚亮，我们就从14号界碑出发了。冰雪越来越厚，山势更加险要，路越来越难走，大家磕磕绊绊地走了6个多小时，山势猛然变得陡峭，它们好像是突然扑到我们面前的，两山对峙，壁立如剑，抬头仰望，雪峰林立，冰山巍峨，冰川高悬。克勒青河挟带着浮冰，从两山间汹涌而出，河浪飞溅，两岸的峭壁上的水沫把岩石染成了铁色。

这里，不等到河水冻结是根本过不去的。但我们都不死心，想去一试，刚下到河里才几步，河水就淹没了鞍子。我们在河岸徘徊了很久，才无可奈何地决定撤退。

接应我们的留守人员已在河对岸等着，他们准备了更多的绳索。

我们返回到这里时，天气又晴了，融化的雪水已使河水上涨许多。我们不敢再作无谓的冒险，一直等到次日清晨水位退了后，才涉河过去。

在饥饿中返回红其拉甫

我意识到我们已从一个白色的死亡陷阱里冲了出来。虽然这一切都显得无声无息，但我们每个人都尽了最大的努力，都毫不吝啬地用尽了最后一丝力气。

我们已出现了食物危机。由于过栈道时“大力神”驮的给养全部损失，杨军医带的压缩干粮又在克勒青河泡了汤，食品越来越紧张。剩下的食品由于时间久了，大多已经发霉变质，只得甩掉。于是，我们把一天三顿饭减到两顿。大家都很急迫地要从吾甫浪返回。

到在勒阿甫，我们只剩下了7包方便面，14根火腿肠和1罐辣椒酱、1瓶秦池特曲。而从这里到连队，还需两天两夜。越往北走，气候越寒冷，海拔越高。

从在勒阿甫出发时，天上飘起了雪花。北其牙里克河的好多河段已经结冰，雪线已降至山脚。

往回走时，牦牛走得很快，根本不用赶，它们和我们一样，归心似箭。

今天没有吃早饭，也没有吃午饭，大家都忍着，努力不去想吃的东西，只想着脚下的路。我上午还可以，到了中午就不行了。真是“饥肠响如鼓”，浑身乏力，头昏眼花。大家“信牛由缰”，尽量把身子伏在牦牛背上，以减少体力的消耗。

到了铁干里克，发给大家的方便面和火腿肠没有一个人吃，大家又都交出来，准备煮方便面汤喝。

铁干里克海拔4554.6米，已经白茫茫一片，从塔木太山刮来的狂风卷着雪团，像刀子一样割着我们的脸。这里的河流已全部结冰，成了名副其实的冰河。

我们从积雪里刨出梭梭草、骆驼刺和去年巡逻时牦牛拉下的粪便，点火取暖。然后砸冰化水，正准备煮方便面。不想天气好像有意要与我们作对。突然间大雪狂飞，从塔木太开山谷和吾甫浪达坂方向刮来的狂风在这里交汇，发出刺耳的尖啸。大风刮得我们站立不稳，即使裹上皮大衣也冷得浑身发抖。好不容易拾到的柴火转眼间便被大风刮得无影无踪，火根本点不燃。方便面汤是喝不成了。大家又把方便面分了，赶紧钻进睡袋里，可睡袋在这样的严寒之中已起不了多大作用，好像里面填的不是鸭绒，而是积雪和冰块，我们就像是卧在冰雪中。

大家只有紧紧地挤地一起。

为了使这半包方便面能把肚子填饱些，我们一边啃着方便面，一边大把大把地往肚子里填着雪。但不吃东西还好点儿，吃点儿东西下去，反而觉得肚子更饿了。没风的时候，便可听到饥肠的“咕咕”声。

如此劳累，又如此寒冷，风狂雪急，谁也睡不着。

我们算是体会到了什么叫饥寒交迫、穷途末路。

“只有起来……活动，活动，才能，御寒……寒了，这样下去，大家都得冻死。”任上尉冻得说话都不连贯了。

“这恐怕至少是零下30多度……大家起……起来吧，跑……跑，我看看表是几……几点了。”是杨军医的声音。顿一顿，他又说，“5点50多了，再坚持坚持，熬到7……7点多……就可以出发了。”

我们都从睡袋里爬出来。任上尉带着我们跑步。

饥饿、风雪、高山缺氧紧紧攫住了我们，但我们只有这样慢慢地跑下去，再跑下去。

寒冷把天空冻得发青。冰雪的光映照着惨白的冰雪世界。我们哈出的热气凝结在眉毛上，大家都成了“白眉大侠”，而帽檐上早已挂满了冰凌。

7时许，天色微明，我们每个人吃下了最后一根已冻成冰棍的火腿肠，每人喝了一大口白酒，就迫不及待地出发了。牦牛背，成了我们最希望的休憩之地。

牦牛身上也结了冰，每头牦牛都变得花白了。

雪地行军，更加困难，怕大家在牦牛背上睡着，我们相互喊着彼此的名字。过了铁干里沟和乱石坡，路稍好走些了，我们便放开牦牛绳，任它走去，因为我们已没力气赶它一鞭子，也没力气吆喝它一声了。仅存的一点体力，还得预备着去翻越吉凶未卜的吾甫浪达坂。

中午，雪仍没停，我们到达吾甫浪达坂下，看着裹在风雪里的达坂，不由倒吸了一口冷气。现在，它在我们眼里显得更加险峻，更加高不可攀。它不可一世地俯瞰着我们，显得不可战胜，难以征服。

我们在达坂下休息了10分钟，又咽了一些积雪，然后绕着右边向阳的山坡行进。那里的积雪比沟底的积雪稍薄一些。

越接近达坂，风雪越大，积雪越深，道路越难行。接近达坂时，牦牛陷在积雪里，根本行动不了。我们只好下来，用战备锹铲雪开路。在海拔5000米左右的地方，即使什么也不带，一个人也相当于负重30多千克，加之饥饿，我们每铲一锹雪，都觉得是在撬一块100多斤重的石头。大家张大了嘴，如牛般喘着气，任风雪灌进自己的嘴里。

巴亚克一直有肠炎，1994年他当向导时，曾犯过一次，那次差点丢了命。没想这时又发作了。他的额头发烫，不停呕吐，连胃里的黄水也吐了出来。杨军医有些着急地说："他犯的是急性胃肠炎，在这天寒地冻，缺少氧气的冰达坂上，仅靠带的黄连素和APC，不知道能不能解决问题。"

没想，巴亚克已有了经验。他说："就是那个黄药片，还有什么C的，多多吃就能行。"他又说，"那年也是肚子里的病犯了，没办法，差点'塌稀囊'（塔吉克语'死'的意思），吃了10片黄药片，6片那个C，最后好了。"

杨海波只好给他加大剂量。

巴亚克把药放进嘴里，抓了一把雪，咽了下去，然后躺在一个背风的雪窝子里休息。我们继续挖雪开路。

过了个把钟头，巴亚克的呕吐停止了。

巴亚克刚缓过劲来，我挖着挖着雪就觉得眼前发黑，然后天地开始旋转起来，我想支撑住自己，但已经不行了。我觉得身体发飘，像一片雪一样，轻飘飘地落在了地上。因饥饿劳累和高山缺氧，我突然昏迷了。这是一种非常危险的高山反应，很容易使人窒息而死。杨军医忙不迭地给我弄药，做人工呼吸。刚缓过劲的巴亚克一把抽出挂在腰上的英吉沙小刀，扎进自家牦牛的前胛上，接了多半碗冒着热气的牛血，给我灌了进去。我慢慢苏醒过来。任上尉从怀里摸出剩下的多半截火腿肠，让我吃下去。我怎么也不肯。我说："我没事的，你这两天来，可只吃了半包方便面，你赶快把它拿开，不然我会感到更饿。"

的确，那时候谁若要让谁难受、痛苦，就是把能够吃的东西拿出来在他眼前晃。任上尉似乎明白了，他把火腿肠收了起来。

这3千米路程的达坂，足足把我们折腾了近4个小时。我们也不知是哪来的力气。能在达坂上刨出一道3千米长的通道。当我用最后的力气回望达坂时，我没能止住眼中滚下的热泪。我意识到我们已从一个白色的死亡陷阱里冲了出来。虽然这一切都显得无声无息，但我们每个人都尽了最大的努力，都毫不吝啬地用尽了最后一丝力气。

出了吾甫浪沟，我们又闻到了久违的牛粪烟、烤馕和奶茶的香味；看见了在金色的草地上安静地吃着草的羊群、奔跑着的小马和牧民的帐篷；听见了牧羊犬的吠叫、塔吉克少女动人的歌声和婴儿的哭泣。

我觉得自己重又回到了温暖、亲切的人间。

第二章

走了那么远的路，没有白走：丝路上的明珠喀什噶尔

我听不懂他们的语言，但可以感觉到他们的欢乐。他们一路都在唱歌，使人一点也感觉不到旅途的漫长和艰难。车过阿克苏不久，差点翻了，歌声变成了惊叫，但最后当车只是倾斜着倒在沟边时，歌声又响了起来。

带着远古味道的喀什噶尔

在认识和发现中爱它越来越深，像一桩刻骨铭心的爱情。

10年前，我第一次启程前往喀什噶尔时，那里的一切对我来说，都只有想象：遥远、热烈、辽阔，被金色的沙铺满，沙中有古国的遗迹，维吾尔人的气质、禀赋、言语、痛苦、欢乐……这一切都沉浸在阳光之中——阳光的气味泛着瓜果熟腐后的酒香。

那是我应该去的地方。那里有我用想象和才情创造的王、子民、诗、美女，包括绝望。

我去意坚决地离开，使我从北京到乌鲁木齐的行程变得顺利起来。刚过哈密，兰新铁路就因洪水中断了，直到半月之后才恢复通车。到了乌鲁木齐，南疆的交通也因洪水而中断，不几日，就有可怕的消息传来，说在后沟有20多人被泥石流卷走了。边城处于一种焚烧似的燥热中，我被煎熬着，只想尽早离开。

路还没通我就出发了。半个月没通车，那辆去喀什噶尔的、浑身泥渍的长途客车却没有坐满——大家都还不敢前往。车上坐着21个人，除了我这个汉族人外，其余的全是久困乌鲁木齐的、急迫地要回家乡的维吾尔人。

车是一对剽悍的维吾尔族父子开的，虽然他们的一举一动都显示着不要命的架势，但因为路况太差，客车还是跑不起来。这种缓慢的车速使我感觉自己好像坐在一辆中世纪的旧马车上，在古老的丝绸之路上且歌且行。客车日夜不停，5天5夜才走完那1500多千米路程——即使路况好的话，当时也要走两天一夜。

我为如此广阔的大地而震撼。荒漠、绿洲，就像绝望与希望一样，交替着闪现，像在预示着什么。

8月的阳光在南疆大地的上空燃烧着，把一切置于它无与伦比的热度中。汽车里一直有一种由阳光味、尘土味、莫合烟味、汗酸味、羊膻味组成的浓烈气息——南疆大地的气息。

在和硕，有个老乡甚至赶上来一头肥硕的绵羊。羊显然是第一次坐车，它一直惊奇地看着车窗外飞掠而过的景色，不时会因为惊诧而发出“咩咩”的叫声。那位老乡也是第一次出远门，他不知道到喀什噶尔的路有多远，所以带了足够的给养——为自己带了半口袋馕、两个装满了5升水的塑料壶，还为羊带了两麻袋草料。羊在车上吃草，不时把乌黑发亮的羊粪蛋“乒乒乓乓”撒在车里，当然，还有它排泄的液体。羊干这样的事天经地义，毫无愧色，只是苦了他的主人，羊撒羊粪蛋子，他就要站起来赔上笑脸，说几句表示歉意的话，把羊责怪一番；羊撒一泡尿，他也要站起来鞠个躬，批评羊随地大小便。但羊好像是要有意为难它的主人，拉屎拉尿的频率很高。所以那老乡几乎每隔一两个小时就得“引咎”一次，这反而弄得我们不好意思了。

他是到喀什噶尔看望一位生病的亲戚的，这只羊是他送给那亲戚的礼物。最后，这只尊贵无比的羊与我们一起到了喀什噶尔。

油黑的沥青大道被水冲击得残破不堪，但它笔直地向远方延伸着。穿过村庄城镇的地方总有卖新疆饭食的路边店，门口挂着几只已剥皮剖腹的肥羊。店名总让人忍俊不禁，诸如“巴音郭楞888马家清真饭馆”啦，“博格达艾孜拜父子555手抓羊肉馆”啦，“艾提尕尔999沙湾大盘清真家养土鸡店”啦，全是像要显示气势似的店名，让人念起来颇有些奔流直下的味道，让你从店名即可感觉店主的幽默和风趣。

饭馆大多简陋，但特别宽敞，有些可坐二三百人，姑娘们旋风般地招呼客人，倒茶上菜；小伙子们一边歌唱，一边翻动着大铁锅里的抓饭，或者玩魔术似的把一个大面团拉成均匀的面条……

5天的旅行中，车上始终只有我一个汉族人。我听不懂他们的语言，但可以感觉到他们的欢乐。他们一路都在唱歌，使人一点也感觉不到旅途的漫长和艰难。车过阿克苏不久，差点翻了，歌声变成了惊叫，但最后当车只是倾斜着倒在沟边时，歌声又响了起来。

他们的心有时像阳光一样明亮，有时又忧郁得像被阴影遮蔽的月光。但在旅途中，他们是无忧无虑的，胸怀像路边的大地一样宽广，那善良淳朴的品性让人觉得他们是刚从泥土中诞生的。

我沉浸在他们的欢乐中，不知不觉中就到了中亚这座神秘诱人、难以理解的城市。

如今，我每次去喀什噶尔，都保持了第一次见到它时的那种新鲜感，每次都有新的认识和发现，然后在认识和发现中爱它越来越深，像一桩刻骨铭心的爱情。

喀什噶尔总是在阳光下躺着，即使夜晚，也留有阳光的温度。白杨和沙枣以及庄稼以它为核心，向四周绵延开去，直到高山脚下，直到大漠戈壁边缘。褐色的群山顶上覆盖着冰雪，冰雪下面就是帕米尔高原。慕士塔格山、公格尔山、公格尔九别峰闪光的山顶照耀着整个喀什噶尔绿洲，冰峰雪岭与黑色的戈壁、金色的沙漠一起，把这块绿洲衬托得像一块翡翠。

很有气魄的广场，拓宽的街道，现代化的楼房，穿梭往来的各式汽车，刚修通不久的铁路，国际机场，代表着喀什噶尔现代化的一部分；但它还保持着传统，保留着一些古老的风情和生活方式。它们交织在一起，组成了喀什噶尔五彩的、深具内涵的生活图景。

在这里，97%是维吾尔人。凡是在这里生活了一些年头的汉人，无论是官员，还是商贩，大多被“维化”了。他们维吾尔语说得和汉语一样流利，面食和牛羊肉吃着比大米和猪肉舒服，习惯了用碗或茶杯畅饮，说话直来直去，不再转弯抹角……没有人试图改变这座城市，大家一边享受一种很有情趣的土生土长的生活方式的同时，一边悠然自得地等待着现代文明的来临。最后，使二者各自呈现在了这座城市中。虽然有一种不协调感，但它仍然是一个比较纯粹的充满浓郁中亚伊斯兰气息的城市。

这里的人从未拒绝外来文化和异族文明，甚至他们的血缘。喀什的男人身材健壮，相貌英俊，而女人的艳丽是在很久以前就令人惊异的。1858年，俄国探险家乔坎・瓦里汗诺夫到喀什噶尔考察时，这里外国人的人数相当于当地居民的1/4。他们大多是浩罕人、阿富汗人、犹太人、印度人、鞑靼人，还有英国和俄国的使节；那时，这里就是大探险时代来来往往的探险家的落脚地。

上溯历史，在张骞“凿空西域”之后，特别是唐、元、清三朝代，喀什噶尔的内地军士、使节和官吏往来不绝，加之丝绸之路南道和中路都必须由此经过，使它成为塔里木地区的门户，再加之战争导致的人种的迁徙，使不同的血缘沿着丝绸古道源源不断地融汇于此，最终成为现在的喀什维吾尔人。据文献记载，当年任何信仰伊斯兰教的外国人或内地人都可与当地女子结婚，这使喀什噶尔成为一座名副其实的“混血的城”（诗人沈苇语）。

英国驻喀什噶尔总领事乔治·马嘎特尼的夫人凯瑟琳·马嘎特尼是位勇敢的英国女子，她远离英国，随丈夫在这里生活了17年之久。1931年，她用细腻温馨的笔调、满怀深情地写出了《一个外交官夫人对喀什噶尔的回忆》。在这本书中，她就说喀什噶尔人“颇具欧洲人特征”；她还说：“人们很难说清喀什噶尔人到底属于什么人种，因为在过去几千年里，由于四面八方的入侵，这里的人种混杂得相当厉害。使他们既具有游牧民族的奔放豪气，又有汉民族的中庸适度，还具有西欧人的风度、南亚人的热情，这一切在他们身上形成了一种少见的贵族气质。”

因为少雨，尘土仍然是这个城市的一部分，这当然也是阳光的赐予。毛驴的叫声会不时在某个街角响起，白须飘然的老汉骑在毛驴背上，悠然地任驴把自己驮到要去的地方。老太太和妇女则坐着毛驴车——就那种平板车，车板上铺一块毡子——和她们的孙子、孙女们半卧在上面，有时一辆毛驴车可奇迹般地坐十多个人，毛驴显得跟一只老鼠样大小。它细碎的步子踩着脖子上的铃铛声，神情卑微而平静。因为车上拉的是女人，驴一般都打扮过，脖子上挂着铃铛，额头上顶着一团大大的缨穗，使它看上去像一位打扮过的新娘子，即使这样，毛驴也从不神气，反而感到羞涩，显得朴素而诚实。

不时也有骑着高头大马的汉子，叼着烟卷，腰上挂着英吉沙刀子，威风得像骑士一般从大街上走过，勒住马缰时，马会咴咴地嘶鸣。马车更多，车也是平板上铺一块鲜艳的毛毡，马却装饰得很是富丽，脖子上挂着闪闪发光的铜铃，红艳的缨穗点缀着马的额头。有些马身上还披着图案精美的土耳其织毯，得得的马蹄声和铜铃声使你老远就能感觉它的到来。

马车和驴车都可出租，人们称这种车为“马的”或“驴的”，游览喀什噶尔，坐这样的车是再好不过的。

有时也有骆驼迈着尊严的步子，像武士一般，从大街上走过；还有从帕米尔高原赶下来的成百只羊，从街道的另一头涌过来，带着风尘仆仆的味道。车子都停下来，恭候它们通过，人们都远远地看着它们，好像在送一支远征的队伍。

城市的节奏并不匆忙，大街上的男男女女悠然自得，你虽然恍若置身于某个阿拉伯城市，但绝大多数妇女并没有在脸上蒙着黑色的面纱；为显示自己地位优越、生活舒适而不再保持身材的中年妇女们，显得雍容富态；少妇则无法掩饰她们的天然风情，年轻的姑娘有一小部分穿着正在上海或东南沿海流行的时髦服饰——是的，时尚是个没有办法阻止的东西——但大部分人还穿着用鲜艳的艾德莱丝绸做成的衣裙，梳着十数根黑色小辫，戴着装饰高雅、色彩红润的帽子。你常常会为从自己面前走过的姑娘的美丽而惊讶、而惆怅，但她们已飘然走远。当你大胆地注视她们，她们也会回过头来，用传神而勾魂的眼睛更大胆地看你，直到你垂下眼睑，不得不逃避，她们才以胜利者的姿态，或快乐地笑着跑开，或转过头去，再对你回眸一笑，使你由惆怅而变得忧伤。

还有那我不知道该怎样来描述的世相的色彩。

那是一种飞扬流动的花纹，一种喜气洋洋的铺张，一种宏大的天籁般的交响，一种绚烂的幸福与安然……所有的色彩都集中在了这里，成为从古丝绸之路开通之际就已开始的色彩的沉淀和积累——谁也测不出它丰富的程度。

画驴的黄胄说，“春风捉笔写不尽，七彩古城四季新”。这里的七彩是一个无限延伸的词语。

喀什噶尔巴扎（即集市）载负着这些色彩，把这个民族的物产和情趣展现给你的同时，也让你进入了丝绸之路风情的长旅，进入了一个无所不有的世界。

一到巴扎日，就会有五六万人从四面八方赶到巴扎上。那里也备下了能满足你的一切：四海商货，土特珍品，骏马肥羊，瓜果蛋禽……色彩转化为世相，世相转化为色彩。

仅东门外的农副产品市场就占地110亩，粮油、蔬菜、棉花、鲜果、药材带着泥土的气息，马牛羊骡则带着草原的气息，鱼鳝鹅鸭则带着水池的气息。而夏秋两季，桑葚、樱桃、黄杏、蟠桃、酸梅、石榴、苹果、核桃、香梨、西瓜、葡萄、巴旦木、无花果、甜瓜等纷纷上市，它们带着或紫黑、或金黄、或红艳、或青绿的色彩，点缀着每个人的视野，也让果香弥漫了整个城市。

艾提尕尔巴扎在历史上由来自安集延的乌兹别克人经营。这里多为精美的手工艺品，有曲曼花帽、英吉沙小刀、镶有金银铜条的衣箱，有富有民族特色的项链、戒指、手镯，还有各种民族乐器，色彩绚烂，琳琅斑斓。

位于艾提尕尔广场左侧的安江市场，是一条不深的巷子，却密集着

600余个摊位，经营着尼绒、丝绸和其他布匹以及毛毯、鞋袜、珠宝、首饰等数百种商品……

我不得不说，这是我所到达的最富有人间气息的地方，而最为珍贵的是，它还带着丝路凿空之时的气息，带着那种远古的味道。

这就是我最初印象的喀什噶尔。的确，我一到这座城市，就被迷住了。我暗暗庆幸命运让我来到了这里，来到了与我想象如此相符的地方。走了那么远的路，没有白走；它让我这个一无所有的人，一夜间拥有了一个可以与外界区别开来的王国，拥有了一个独特的世界。

弥漫在故乡的“香姑娘”

在皇城，她叫容妃，在故乡她叫“香姑娘”。在异乡，别人已将她遗忘，只有故乡的人让她时时刻刻活在心中。

“香妃……”

我已一次次地在心中默默地呼唤过她，像呼唤我的情人。

她是作为一位由香气幻化而成的精灵存在于我心中的。这香气飘荡在爱她的人的心间，不会消散。这香气也弥漫在皇城和她的故乡。在皇城，她有香消玉殒的时候，而在故乡，这香气永存。在皇城，她叫容妃，在故乡她叫“香姑娘”，维吾尔语称伊帕尔汗。在异乡，别人已将她遗忘，只是偶尔翻阅陈年的史籍时，才会记起有这样一个来自边地的女子，只有故乡的人让她时时刻刻活在心中。

有人说，在月色清朗、只有微风的静夜，你会在喀什噶尔数十千米的范围内，闻到她的香气。至于香味则有各种说法，有人说是兰花的香气，有人说是麦花的香气，还有人说是栀子花的香气；有一个老人甚至一本正经地告诉我是刚下来的雪花的香气……

在人们的心中，她的香气就是青春和美的气息。她就是人们记忆中一个代表着青春和美的边地女子。

我到喀什噶尔不久，有一天专门打了一辆“驴的”前去看望她。小毛驴殷勤地往前小跑着，郊区的道路两旁是高高的白杨树，遮住了阳光，显得十分幽深。白杨树后面，是泥坯垒起的农家院落。显然，这路小毛驴已走熟了。赶车的老太太任由驴往前走着，一点也不管它，却和我唠起了香姑娘。她的口气是亲切而担忧的，好像香妃是她刚刚出嫁的闺女。

“北京那个地方嘛，太偏远了，香姑娘肯定待不惯。我去过北京，那个城嘛太大了。那么大的地方，还叫作城嘛。”

我忍不住笑了，问她：“它不叫城叫什么啊？”

“叫大城市嘛。”她回答完，也忍不住哈哈笑起来，笑完了，又接着说，“总之，还是老家好。葡萄嘛，这里能吃新鲜的，但可怜的香姑娘只能吃葡萄干；在这里嘛，能吃又肥又嫩的绵羊肉，那里嘛，只能吃只有一把骨头的山羊肉；这里嘛，能说维吾尔族话，那里嘛只能说汉话。哎，不知香姑娘咋过的……”她的话让你感到香姑娘还在清朝的皇宫里痛苦地生活着。

她继续唠叨：“她是嫁了个皇帝，可嫁给皇帝有什么了不起？又不是自己喜欢的人，也不是自己爱的人嘛。那里只有那个什么荣、华、富、贵，可那有什么用。鸟儿即使关进的是金笼子，但依然是笼子；虽不用自己觅食，但失去的那个嘛是——自在地飞来飞去……”

老人像一个哲学家，越说越有兴致。我就转了话题，问：“老人家，香妃死后埋在河北遵化，并没有埋在这里，怎么能把这里叫‘香妃墓’呢？”

她一听，招呼驴停下，然后自己也跳下车来，生气地对我说：“这个样子嘛，你就付钱走人，不用去看了。你这个样子嘛，知道香姑娘不在这里，还去看什么？”

“我是听人家说的，但我不相信。”

“不要相信他们那个样子嘛胡说，我们故乡人不知道香姑娘死后葬在哪里吗？”

时间对于这个老人来说是不存在的，她好像真是看着香妃长大、看着香妃出嫁、感受香妃还在婆家受苦的人。

但这里确实不是安葬香妃的地方，这里是明末清初伊斯兰教“白山派”（也称“白山宗”）领袖阿帕克霍加的家族墓地，因阿帕克霍加在“白山派”中影响深远，这里成为穆斯林心中的圣地，故称阿帕克霍加墓。

“香妃墓”始建于1640年前后，地处喀什噶尔东北郊5千米处的浩罕村，是一座典型的伊斯兰古墓建筑，也是新疆众多伊斯兰陵墓中最引人注目的一座。它色彩华丽、气势壮观，肃穆庄严中有让人亲近的力量。七座塔楼上各顶着一弯新月，除门窗外，全以绿色琉璃砖装饰。这种颜色使人感觉它是天气变暖后，经雨水的浇灌，从大地里生长出来的生命力极强的植物。

香妃是清朝乾隆年间叶尔羌河畔伊斯兰教“白山派”阿里和卓的女儿，因其兄图尔都协助清军平叛有功，随兄参加乾隆大宴功臣和眷属的宴会时，为乾隆皇帝看中而入宫，初被封为贵人，后晋封为容妃。她生得花容月貌，婀娜多姿，能歌善舞，善骑射，精诗文，会编织，生来身体就散发着一股天然而又奇妙的芳香，常常令闻者如痴如醉，如饮香茗，故而深得乾隆宠爱。香妃病故于乾隆五十三年（1788）。据说香妃去世后，香气不绝，乾隆下令以软轿将其遗体运回喀什噶尔安葬，拨款修建了著名的香妃墓，故后人一直以为香妃葬于喀什噶尔。直到1977年河北遵化清东陵发现容妃墓后，世人才知阿帕克霍加墓被误为香妃墓。但人们仍然以“香妃墓”来称呼这座色彩华丽、气势不凡、古老而又辉煌的陵寝。

阿帕克霍加墓那华丽的门楼，那门楼上的波斯文字，那门楣上的赞美诗，那纯金镀就的月牙，那荫翳蔽日的古木，那大礼拜寺、小清真寺以及那一潭清水，那高大的圆柱和门墙，那洁净高雅、在阳光下泛着特殊光泽的蓝色琉璃砖，那以彩绘天棚覆顶的高台，那神秘的祈祷室，那造型独特、精美壮观的主墓室，那发人深省的古代阿拉伯警句，那意态和谐、气势峻拔的宣礼塔和召唤楼，那墓室中央巨大的半球形穹隆，那高敞明亮的墓室……无不包含着伊斯兰教的宗教精神和艺术品质。

而香妃也早已如从不凋零的花朵，让那永不衰败的异香，静静地弥漫在她曾经魂牵梦萦的故乡。

从陵园出来，那位赶驴车的老人还在等着我，一见我就说：“进去看了，该知道这就是香姑娘的拱拜孜了吧。”

我点点头。

老人显得很高兴。“我一到这里，就能闻到她身上的香气。那香气是太阳的香气——就是把洗干净的被子放在太阳下晾晒后，留在被子上的那种香气。你闻到了吗?”

我点点头。

我在心里回答道，我闻到了，但它是传说的香气，带着忧郁的气息。

不灭的《突厥语大词典》

苦难唤醒了他的学识，把他引上了一条永恒之路。凭着渊博的知识，他为自己的流浪赋予了尽可能宏大的目标。他开始用足迹去发现真知。

在离喀什噶尔30多千米外的乌帕尔乡阿孜克村，有座古老得不知年代的清真寺，寺里有位90岁高龄的老阿訇，名叫库尔班霍加。他在阅读了大量阿拉伯文献后，准备为麻赫穆德·喀什噶里写一本传记。但他不知这位大学者葬于何处，找遍了喀什噶尔大大小小的麻扎，也没有结果。传说乌帕尔乡有座圣人墓，库尔班霍加就常到墓前去，通过细致的考察，他推测这就是麻赫穆德·喀什噶里的陵墓。他把自己的推测告诉了考古学家，考古学家在墓室的屋檐上，发现了11世纪的阿拉伯文字和图案。由此证实了库尔班霍加的推想。

消息传开后，人们蜂拥前来礼谒圣人墓，就连远在阿拉伯的信众也不远万里，前来朝拜。

至此，麻赫穆德·喀什噶里在阿孜克村已默默地安睡了数百年时光，他早在11世纪末就停止了他行走的脚步，那时他疲惫的步履已得到了歇息，正好用来走另一条路。他这次上路已没有年轻时的仓皇，他不慌不忙地在阳光中坐下来，呼吸了一口故乡干燥的空气，然后把它留在肺腑，那是他上路时携带的唯一的行李——一口故乡的空气。然后从大地上隐遁，走上沉默的苦行。

在他宽广而又窄逼的故乡阿孜克村，他带着那口空气，行走了漫长的时光。然后，乡亲们发现了他，让他歇息下来，安享被尊崇的荣耀。他接受了这善意的请求，以一处陵墓和一尊头塑的方式歇息下来。《突厥语大词典》传奇式的发现与隐没，隐没与发现，到最终得以流传，使他稍得安慰。

是啊，他和这本书所走的路都太长了，现在终于可以停止下来了。

他把那口从故乡带走的空气还给了故乡。

即使一个人获得了世界性的荣誉，也只有故乡知道他的痛苦、不幸与孤独，也只有故乡更了解他，只有故乡可以毫不功利地接纳他；而对于他来说，故乡是唯一的，可以无条件地热爱。我想，这可能就是他无论走了多远都梦寐以求地要回来的原因。

远处就是帕米尔高原，他钢蓝色的山体和圣洁的雪山是这位伟大的行者栖息之地的背影，那条通往远处的草原、河流、沙漠和纷乱的道路他走过。那高原奔流而下的河水从他身边流过——那水流越来越细，越来越微弱——那河水浇灌了绿洲，自己只剩下了宽阔的、遍布灰色石头的河床。

十几棵古老的白杨与它相伴，树下那眼清澈的泉水使环境寂静而安谧。村民的说话声、公鸡的啼叫、马的嘶鸣、孩子的吵闹，土地、人、房屋、干草堆、牲口散发出来的乡土气息，是他熟悉、也是他梦寐以求的，他愿意永远置身于这古朴淳厚的气息之中。他自己就是风景，他置身于自然，他使风景变得无边。他不需要任何人为的景象来点缀和装饰他的栖居之所。

麻赫穆德·喀什噶里出生于1008年，他的祖父和父亲都曾是喀喇汗王朝的汗，这使他得以受到良好的教育，并随父亲游历了中亚各国。但他的少年时期处于喀喇汗王朝为推行伊斯兰教而与信仰佛教的西州回鹘王国——此前喀喇汗朝已灭了佛国于阗——进行宗教战争的时代，战乱频繁；到青年时期，他父亲的政权已发生了危机，一场宫廷政变使整个家族几乎被斩尽杀绝。只有他幸免于难。他逃出喀喇汗王朝的国都喀什噶尔，从此背井离乡，四处流浪，开始了他的“行者”生涯。

苦难唤醒了他的学识，把他引上了一条永恒之路。凭着渊博的知识，他为自己的流浪赋予了尽可能宏大的目标。他开始用足迹去发现真知。他翻越天山，在西域的河流：伊犁河、楚河、锡尔河、阿姆河之间的牧场、荒原、戈壁、高山之间流浪，一直到了布哈拉城。那里生活着突厥语诸部的民众。他在那里整整行走了15年之久。

这个落难的贵族子弟自由而放达，贫穷而高贵，他一直在以渊博的学识从事一项谦逊的工作，那就是收集和考察这些部落的语言。对于许多部落而言，他们的语言在说出时就意味着消亡。他要让这些语言永生。在他走遍这广阔的大地之后，随丝绸商人来到了巴格达，定居在那里，潜心写作他的《突厥语大词典》。

他在书中说，“我走遍了突厥人的所有村庄和草原。突厥人、土库曼人、乌古斯人、处月人……的语言全铭记在我的心中”“我用最优雅的形式和最明确的语言写成此书”。

在与喀什噶尔有着同样气息的文明古城巴格达，他听着幼发拉底河和底格里斯河不朽的涛声，呕心沥血，倾其才华和学识，历经20年寂寞岁月，终于如愿以偿，用阿拉伯文写成了《突厥语大词典》这部辉煌巨著。书中汇集了突厥语各民族的语言、故事和诗歌等。不仅对研究新疆和中亚的语言文字、文学艺术具有很高的价值，而且为研究突厥语诸部族的历史、地理、物产和民俗提供了宝贵的资料，被称作是“突厥民族的百科全书”。

从书斋里走出来，他已是一位皓首老者，他在阿拉伯的阳光里轻松地舒了一口气，感谢真主的宽容使他写成了此书而生命犹存。无边的黄沙和翡翠般的绿洲使他如此地思念故乡，以致泪如泉涌。

不知不觉中，他离开喀什噶尔已经30年了。

公元1074年2月，麻赫穆德将书稿献给阿拉伯阿巴斯王朝的哈里发奥布卡西姆·阿卜杜拉。他如此慎重，像交出自己唯一的爱子。他知道，一个哈里发更有可能使自己的智慧和心血得以保存。

那书如同一个人，甚至一个世界的命运。他只能如此。

他挥泪告别了自己的著作，告别了巴格达，迫不及待地踏上了回归故乡的路。

漫漫长路上，这个老人的步态已有些龙钟。穷其一生、两手空空的他把一切都付与那本书了，他不知多少遍地向真主祈祷，希望真主保佑那部孤本能躲过时间中充斥的战火和血腥，最终幸存下来。

他走了多久时间才回到故乡，我们不得而知。可能是过惯了寂静的生活，也可能是不愿追忆家族的被血腥屠杀，他在喀什西南的乌帕尔结庐为舍，停留下来，做了一名乡村教师。谁也不知道他的真实身份，谁也不知道他来自哪里。他也没有再写任何著作。他无比自信地认定那部书会如一片大地一样永恒，因为他的书中充满了广袤的中亚大地的精神和灵魂。

但战争席卷了阿拉伯大地，珍藏着他书稿的哈里发奥布卡西姆·阿卜杜拉的王宫被焚为一片废墟，《突厥语大词典》去向不明。

这部书虽未印行，但奥布卡西姆·阿卜杜拉作为哈里发早作了宣传，在战争结束后100年间，人们四处寻找，结果杳无音信。12世纪末，巴格达街头出现了一个蓬头垢面的女乞丐，她背着一个包袱，来到王宫门前，径直朝宫中走去。卫士横刀把她拦住。她告诉卫士，她有一件珍贵的宝物要献给国王。

原来这位沦为乞丐的妇女就是奥布卡西姆·阿卜杜拉的后代，那100年间，她的父辈和祖辈为这部书定然经历了无数的颠沛流离，他们失去了一个王朝，却实现了一个学者的愿望，保存住了这部书。并且，这个沦落的王族从自身的命运知道，这部书最终要被保存下来，还得把它交给君王。

巴格达的哈里发在王宫里接见了这位妇女。她打开包袱，将珍藏了多年的《突厥语大词典》献给了哈里发。哈里发喜出望外，当即令人将词典誊抄了几十部。可是没过几年，战争又一次蹂躏了阿拉伯大地。这部书在战争中再次石沉大海，杳无音信。

时光无情地流逝着，一晃600余年过去了。除了古文献中记载过这部书外，人们再也没有见过它的真面目。一部书在人世间所经历的如此的沧桑沉浮，的确是十分罕见的。

但它冥冥中似乎真的受到了真主的保佑——它在战争中两度沉默，

然后又被战争所发现，以至最终不灭。第一次世界大战期间，一颗像是长了眼睛的炮弹炸开了土耳其著名贵族狄雅尔贝克家族中一位藏书家阿里·埃米里的书库，人们从大量藏书中发现了一本用阿拉伯文写成的古书，但因为当时没人能看懂它，所以并没有引起人们的重视。一位叫穆阿里木·里费阿特的教师将这本书带回家去，希望做一番研究。

这位教师翻开书页，血液很快就沸腾了。

它就是《突厥语大词典》！

它当时已是世界上传世的唯一抄本，是举世无双的稀世珍宝！

这位教师用了3年时间，在伊斯坦布尔将《突厥语大词典》分为3卷刊印出来，当即引起了各国学者的普遍关注。能看懂这部书的人，仅限于少数学者和语言学家。因为要看懂这部古书，就要有作者一样渊博的学识，要通晓中亚历史上各个王国和部族的历史以及它们各自的民族语言。

土耳其语言学家希姆·阿塔莱伊用了21年的时间将《突厥语大词典》翻译成土耳其文，1957年在安卡拉出版。紧接着，苏联语言学家穆塔生敦夫又将土耳其文版的《突厥语大词典》翻译成乌兹别克文，1960年在塔什干出版。中国自1978年开始，汇集了诸多语言学家，用集体的力量将阿拉伯文版的《突厥语大词典》翻译成了维吾尔文，并随即进行汉文的翻译。但一年又一年过去了，汉文版却未见踪影。这的确让人羞愧难当。我不禁猜想，一本经历了近千年沧桑巨变、历经战火烽烟而未灭（不可能灭）的书难道不值得出版吗？

在这一点上，11世纪的哈里发奥布卡西姆·阿卜杜拉所代表的阿巴斯王朝，以及12世纪的巴格达王所代表的自己的王国，以及藏书家阿里·埃米里、教师穆阿里木·里费阿特、语言学家希姆·阿塔莱伊所代表的土耳其，还有穆塔里敦夫所代表的乌兹别克斯坦，都更能认识一本书的价值。

“任何一个人为了拣一块金币而费尽了心机，可是这里有黄金般的文字，古代最聪明的智者说出来的话，它们的价值是历代的聪明人向我们保证过的——然而我们读的只不过是识字课本，初级读本和教科书……于是，我们的读物，我们的谈话和我们的思想水平都极低，只配得上小人国和侏儒。”

默念着梭罗的话，站在这伟大学者的陵墓前，我感到无地自容。

我看着地处沙漠边缘的乌帕尔乡，我知道，只有绿色能与沙漠战斗，能抵御沙漠的进攻。我也知道，只有经过时间淘洗的经典，只有真正的好书能抵御精神沙漠的侵袭。

所以，当我2002年6月终于买到3卷本的《突厥语大词典》汉译本时，我的心情格外激动——好多人已等了它20年，我自从听说这本书，也已13年了。

我深深地感到，能拥有它的确是一种非同寻常的缘分——这可是一种千年之缘啊。

在卡斯区，不慌不忙地慢慢走下去

喀什噶尔的旧巷，一个让你希望在里面不慌不忙地慢慢走下去——哪怕用一生去走也值得——的地方。

喀什噶尔的灵魂在卡斯区一带。它代表了这个城市古老的过去，平静的现在，如果幸运，它必然还将代表喀什噶尔的未来。

在历史久远的卡斯区，那些用花草和几何图案装饰起来的民居，是如此的富有民族特性。在乌斯塘布衣、在艾提尕尔广场周围，只要你沿着任何一个巷口走进去，就会被一种古朴得近乎原始的色彩、泥墙和气息所迷惑，一切现代的气息都被隔离了。卡斯区超凡脱俗于一切之上，像要力图与这座城市区别开来，以形成一种必须深究和仰视才能理解的景致。

房屋就在黄色的泥土上用泥巴和杨木建筑起来。许多木头去枝之后，没有刨削加工，就那样，以一种金黄的颜色架构和支撑屋顶、阁楼和阳台，以土筑墙，以泥涂顶，以泥抹地。全是泥土的颜色、气息和味道。这些建筑或依着山势而建，或从平地上突兀起很高，高低不等，错落有致。那些阳台会从房子的一侧挺出来，像农妇的乳房，颤颤悠悠，有些下垂，却牢实而饱满。整个街区看上去都是歪歪扭扭，晃晃荡荡，松松垮垮，加之又有许多跨越街巷两侧的、仅用几根粗糙的杨木横担着支撑的过街楼，在分割着一年四季的光阴，更让人觉得这些房屋随时要垮塌下来，但它们却战胜了时光的侵袭，在南疆浓烈的阳光下存在了数十上百，甚至数百上千年之久。

阳光下的这些旧巷更具有美的质感，那种明暗交错使普通的泥土显得深具内涵，仿佛其中有一种古朴的美正在骚动。如果是在清晨的朝霞和黄昏的夕照中，那泥土的颜色会柔和而深沉，凝重而明亮，像富有生机的季节一样吸纳着太阳的瑰丽光彩，使其也闪耀着灵动的、难以捉摸的七色光芒。

点缀这一切的除了变幻的阳光，就只有窗户、门楣，一棵棵偶尔伸出院墙的巴旦木树、苹果树、杏树、白杨树，不时有一线葡萄藤一直攀援到阳台上，攀援到可能是维吾尔少女的窗前；有时也有晾在阳台上的衣裙，或干脆是站在窗前思念恋人的青年女子；或是在阳台上一边做着针线活，一边想着心事的娇媚媳妇；或是在墙角的阳光下“追忆似水年华”的老太太或老汉。

也许那土里土气的颜色会让有些人觉得贫寒或拮据，即使是这样，那也是不同的。那是一种富有的贫寒、洁净的拮据。一旦跨进屋里，你就会惊叹那种浓厚的从远古延绵至今的生活气息。楼下的地板不是水泥的，但清扫得很干净。墙上挂着鲜艳的和田玉或当地出产的壁毯，壁毯上有清真寺图案，有赞美真主的赞美诗和有关信仰的古老圣言。靠墙总会有一铺宽阔的老炕，炕上总会摆放着招待客人的瓜果、糖和茶水。楼上的房间则透着具有浓郁民族特色的现代性，铺着地毯，有电视、沙发，因为大多是年轻人居住，也会有维吾尔乐器，还有吉他之类；有虚拟化后显得更为接近神圣之境的清真寺挂图；也有马拉多纳、玛丽莲·梦露等人的画报。即使贫穷的人，家里也无一例外地干净整洁。正如一位生活贫困的老人说的：即使再穷，我也有干净和整洁。

走在旧巷中，总会遇到三两个老人坐在院门边，一边交谈，一边安享着阳光。遇到旅游观光的人，无论是英国人、法国人、美国人、日本人，还是国内的游客，只要从他们面前经过，他们总会微笑着向你点头致意，显得十分和善友好。

旧巷无疑是孩子的天堂。他们见到外国游客，则用简单的英语问好。有一个刚刚学会说话的孩子，一边颤颤悠悠地跑着，一边玩耍着，突然抬起脏兮兮的脸来，用稚嫩的声音向你问候，然后摆出姿势让你照相，使你觉得快乐而幸福。

转过一个拐角（那些拐角是何其多），你有时会遇到一个或几个迎面走来的维吾尔女孩，她们比男孩子文静、干净，穿着漂亮的艾德莱丝绸做的连衣裙，戴着饰有羽毛的小花帽。她们都是小美人，或白净或黝黑的脸蛋，又黑又大的明亮清澈的眼睛，扑闪着的长长的睫毛，深深的眼窝，让你沉醉，仿佛可以听到泉水的声响。如果你要和她们合影，她们会十分大方地摆出各种优美的姿势满足你的愿望。

少女们在前面走着，她们的身材苗条而轻盈，十数根黑亮的辫子垂在身后。她们走着走着，就突然不见了。她们就在你不经意的某个瞬间，进了自己的家门。

这就是喀什噶尔的旧巷，　个让你希望在里面不慌不忙地慢慢走下去——哪怕用一生去走也值得——的地方。

在驴背上吟唱爱情诗篇的老者

爱听这诗篇的人越来越少，好像爱情现在一点也不重要，所以你要听我非常高兴，但你得去买两瓶美酒来献给我，这是我几十年来的规矩。

那位坐在毛驴背上的老人从小巷深处走出来时，浑身的表情都像动画片中的阿凡提。他穿着整洁，戴着一副多少显得有些滑稽的黑边老花镜。他任凭那毛驴走着，自己在驴背上读着一本书。那驴的毛色发亮，步态平稳优雅。可能是长期耳濡目染，那驴已是一匹有文化的驴，所以举动之间，颇有些学究气质。老人陶醉书中，不时摇头晃脑，远远看去，好像他正就书中一时想不明白的问题与驴探讨。驴垂着耳朵（走累了的驴通常会如此），好像不太愿意听那些或美好虚幻、或高深玄奥、或痛苦沮丧的话题。

我注意那位老人很久，最后忍不住走过去，以手抚胸，施以礼节，问老人是否能听懂汉话。老人自豪地点点头，用维式汉话说，他不但能说汉话，还会读汉文书。他读过《三国演义》和《西游记》。

“这些书太有意思了！”

每个汉字都像是从他口中迸出的，带着金属似的回音。

我十分高兴，问他：“你看的是什么书？”

他自豪地说：“一本伟大的书，名字嘛就叫《艾里甫和赛莱姆》。”

我看见诗歌使他的情绪饱满，双眼潮湿。他让毛驴停下来，说：“我为艾里甫和赛莱姆的爱情深深感动，但我不能把那些忧伤的诗句念给远道来喀什噶尔的客人，以免破坏了你愉快的心情。我给你朗诵一段不忧伤但很智慧的诗句吧。”

觉乃依特圣人：什么树靠吮吸自己的血生长？
什么鸟能自由地飞遍四方？
什么人的脸没有血色？
孩子啊，请回答我的问题。

艾里甫：生命的树靠自己的血液生长，
智慧的鸟能在世界自由地飞翔，
说谎人的脸就像白纸，
圣人啊，艾里甫回答了你的问询。

他用沙哑但充满质感的声音朗诵完，快活地一笑，用维吾尔语祝福我并向我道别后，拍了拍毛驴，又往前走了。

老人在驴背上诵读的是10世纪初维吾尔诗人玉甫素阿吉根据民间传诵的一个凄美动人的爱情故事写成的叙事长诗。这首诗自诞生以来，就出现了许多手抄本，我在老人那里看到的抄本分叙说部分和弹唱部分，叙说部分为442行散文诗，弹唱部分有1262行双行诗，共1704行。民间乐师们给它配上了几十种曲调，常在欢庆的节日和麦西来甫（民间一种歌舞聚会）上传唱，从而使其逐渐成了维吾尔人世世代代诵唱的著名诗篇。

故事是这样的：国王阿巴斯和宰相艾山外出狩猎，遇到了一只怀胎的羚羊，两人都因妻子怀有身孕而放过了这只羚羊。君臣二人于是相约，如果他们的妻子生下的是一男一女，就让他们结为夫妻，并立了婚约。后来，王后生下一个女孩，取名赛莱姆，意为美人；宰相夫人生下一个男孩，因为宰相已经去世，所以取名艾里甫，意为孤独的孩子。两个孩子青梅竹马，倾心相爱。可是艾里甫家越来越贫穷，国王背信弃义，撕毁了婚约，并把艾里甫全家流放到巴格达。艾里甫在遥远的地方思念赛莱姆，决心无论如何也要与赛莱姆相会，于是，他踏上了回归故乡的路。途中他被强盗掳掠，被卖给国王做了看管花园的奴隶。他隐姓埋名，默默劳作，终于与赛莱姆相会。国王知道后，派兵丁搜查花园，一对有情人在善良人的帮助下逃出王宫，化为一对自由的鸟儿，迎着太阳的光芒飞向远方。

这部诗集犹如一园玫瑰，散发着让人心醉的芳香。

有一种力量驱使我跟随驴背上的老人，我希望到他的家中，翻阅那抄本。我不懂维吾尔语，我也许读不懂其中的一行诗，但我能感受到诗歌那浓烈的气息。他用充满深情的、混杂着维吾尔气息的汉话朗诵诗篇的声音，我将永不会忘记——

这首长歌流自我智慧的源泉，

像夜莺的悲鸣激荡在每个人心间。

我放开歌喉唱艾里甫和赛莱姆，

为忠诚的恋人献上爱情的花环。

记得那天我跟随他到了他的家门口，他吃惊地转过头来，但马上就明白了——你是不是还想听我吟唱这爱情诗篇？

我重重地点点头。

爱听这诗篇的人越来越少，好像爱情现在一点也不重要，所以你要听我非常高兴，但你得去买两瓶美酒来献给我，这是我几十年来的规矩。

我高兴地去买了两瓶“伊力特曲”，来到他的院子里。他在院子里一边喝着茶，一边等着我。一看酒，就说是好酒，一人一瓶。他打开酒瓶，自己先喝了一大口。

然后，他提着酒瓶，带我去了他的书房。他书房里堆了好几摞书。他懂阿拉伯语，能看汉文书，该是个名副其实的知识分子。他告诉我，他有14个儿女，14个儿女中，有一个是县长，有一个是司机，有三个是教师，有两个是阿訇，有一个女儿是歌唱演员，还有两个儿子是工人，有一个儿子是军官，有两人在做生意，最小的在北京读研究生，全都挺有出息的，所以他现在可以安享晚年，除了到清真寺做礼拜，就是吟唱诗歌和喝酒。

他的言语中充满了自豪。几口酒下肚，他的脸更有光彩，可谓鹤发童颜。他打开了那本手抄书，以酒相伴，充满激情，且歌且吟，唱到伤心处，则泪流满面；唱到高兴的地方，则神采飞扬。他完全沉浸在了诗歌的氛围之中。

他已经81岁了。他说，他一开口吟唱《艾里甫和赛莱姆》，每次都得唱过瘾，不然，他会十分难受。他就这样，一直从中午唱到了晚上。两瓶酒他喝掉了一瓶半，但却没有一点醉意。临别之际，他一直把我送到了巷口。

站在街巷之间，一抬头就看见了那轮明月，看见了满天星辰。我知道自己十分荣幸地头顶着天下最明净的夜空。而从街巷两侧的居所的狭小窗棂中漏出来的灯光与夜空辉映着，使我恍然置身于一个充满诗意的梦境之中。

这伊斯兰的气息在月夜里显得格外浓郁，我不知道这些古老而又普通的房间里隐藏着多少个像他这样看似平凡的智者和诗人。

他是真正理解、尊重并热爱诗歌的人。因为他生存在最接近泥土的地方。他的诗意和智慧也全都来自那里。

那是我最接近诗歌的一次精神之旅。

那个伟大的老者名叫艾依提。

西域音乐如同一条河流

西域乐曲一旦传开，立即给中原以靡丽清逸为基调的传统音乐以强烈的冲击，开创了铁琶铜琵、雄歌劲舞的一代乐风。

坐在中亚阳光灼人的广场上，听着这些我已熟悉并迷醉的维吾尔人的乐曲，我忽然想起了布罗茨基那两行著名的诗：

边缘不是世界结束的地方，
恰恰是世界阐明自身的地方。

我在一篇访谈中，也曾不揣冒昧地说，我站在表达的中心。
其实，西域早在两千多年前，就以歌舞的方式阐明了这一点。

传说我国最早的音律就得自西域。黄帝授意乐官伶伦制定音律时，伶伦历尽坎坷，饱尝艰辛，行程两万余里，渡过赤水，来到昆仑山。那时的昆仑气候湿润，森林茂密，修竹满谷，泉水奔涌，山花烂漫，百兽奔逐，百鸟飞翔，充满诗情画意。他在巡守昆仑山的山神陆吾的帮助下，在“嶰溪之谷”找到了适合做乐器的竹子。他仔细挑选了12根修竹，做成12支竹笛。但他试吹之后，音调很不协调。正在这时，一对凤鸟飞来，凤鸟美妙动听的鸣叫声启迪了他。他模仿凤鸣之声反复吹奏，直到声音和谐悦耳。伶伦就这样制成了12根律管，使人们有了创作和演奏音乐的规范和依据。后人为了纪念他的功绩，便称之为“伶伦作乐”。

这个动人的传说记载于《吕氏春秋》《汉书》及《太平御览》等古籍中。他到昆仑创造音律的时间比张骞“凿空西域”要早3000年。虽是传说，但从先秦到唐宋的诸多学者和乐人都深信不疑。

《列子·汤问篇》也记载过西周周穆王与美丽的西王母瑶池相会后，在返回途中，将路上碰到的西域艺人偃师带到了西周。

张骞第一次出使西域时，有一天在草原上策马行进，忽然听见悠扬的乐声从远处传来，立即被这优美的乐声吸引住了。他循着乐声找去，看见一位牧人正用兽骨做成的七孔笛在独自吹奏。那小小骨管发出的神奇音色使张骞深深迷醉。他收集了十多支骨笛，并把演奏方法和一首名叫《摩诃兜勒》的乐曲一同带回了长安，交给了宫廷乐师李延年。

那充满大漠草原、长河落日和旷野气息的音乐旋律顿时轰动了长安。但当时李延年并不知道，那乐曲正是闻名西域的《十二木卡姆》的雏形。他十分激动地告诉张骞，《摩诃兜勒》乐曲是艺术的精华。李延年根据《摩诃兜勒》的基调又写了20多首乐曲，其中就有《入关》《出塞》等流传千年的名曲。这些带有西域风格的乐曲雄浑昂扬，成为当时的军乐。李延年还组织了西汉的一支军乐队——“鼓吹”乐队，专门演奏西域乐曲。按照皇帝的圣谕，这些乐曲必须要统率万人以上的将军才能使用。西域乐曲一旦传开，立即给中原以靡丽清逸为基调的传统音乐以强烈的冲击，开创了铁琶铜琵、雄歌劲舞的一代乐风。

汉高祖刘邦的妃子戚夫人因善跳翅袖折腰舞，喜爱于阗音乐，擅长弹瑟歌唱、吹笛击筑而成为高祖宠妃。刘邦常与戚夫人在宫中歌舞作乐，戚夫人击筑，刘邦吟唱《大风歌》。但戚夫人也因宠而遭到吕后的嫉恨，招致悲惨命运。刘邦死后，吕后就把戚夫人囚禁在永巷宫，令她身穿罪衣，剃去头发，终日舂米。戚夫人悲痛地唱道：

子为王，
母为虏。
终日舂薄暮，
常与死为伍。
相离三千里，
当谁使告汝？

吕后听闻后更怒，马上派人杀死了戚夫人的儿子赵王如意，然后砍去戚夫人的手足，剜眼熏耳，灌以哑药，丢在茅厕里，使她受尽“人彘”之辱而死。

戚夫人因歌舞而死，死之惨烈，至今仍让人身寒心痛。而另一个与音乐有关的女子蔡文姬虽然不幸在战争中被匈奴所俘，被迫嫁给匈奴左贤王，但这却促使她写出了千古名曲《胡笳十八拍》，可谓不幸中之万幸。

蔡文姬随匈奴驰骋天山南北12年，受到了少数民族音乐艺术的熏陶，对西域古乐器和音乐做了深刻的研究。她尤其喜爱流行于塞北和西域的管乐器胡笳那悲壮的音色、雄浑的气势，于是，她以胡笳那悲咽的乐声为基调，融汇西域音乐的风格调式写了18首乐曲，以此抒发自己悲苦的身世和难以抑制的思乡之情。这就是《胡笳十八拍》。

前秦将领吕光曾率兵征服西域，破西域诸国，后趁中原大乱之机割据凉州，建后凉国。他在打败龟兹后，把龟兹国的一个乐队和包括竖箜篌、五弦琵琶、筚篥、腰鼓、羯鼓、铜钹、笙、笛、箫、贝、都昙鼓、答腊鼓等十多种乐器带到了中原。后来，他把龟兹乐与凉州地区的音乐相结合，经过改编创新，形成了既具有曲调欢快、舞姿雄健的西域风格，又具有婀娜柔婉、轻盈多姿的凉州特色的《西凉乐》。该乐舞一直风行到长江以北的广大地区，后来又成为隋朝宫廷《九部乐》和唐朝宫廷《十部乐》中的一部。

还有因喜爱西域音乐而娶突厥木杆可汗俟斤之女为皇后的北周武帝宇文邕。公元566年春天，武帝派使臣携带重礼，西出阳关，请求俟斤将精通音乐的公主嫁给他做皇后。俟斤欣然应允，将一支由300余人组成的乐队作为陪嫁送到了长安，其中就有著名的音乐家苏祇婆和白智通。公元568年3月，俟斤之女到达长安，被武帝立为皇后，史称阿史那皇后。在阿史那皇后的倡导下，周武帝将西域音乐与中原音乐相混合，戎华兼采，改革了中原音乐。

隋灭北周后，在隋朝都城长安，有一个因开设着很多胡人酒店而闻名的西市。当时在西市胡乐当筵、胡姬压酒。当年随阿史那皇后到北周的苏祇婆沦落民间，被柱国沛公郑译发现。郑译由苏祇婆的“五旦七声”理论推演出“七调十二律”，合八十四调，被音乐史称为“旋宫八十四调”。这就是苏祇婆的宫调理论，后被隋文帝确定为新的乐制。苏祇婆的宫调理论不仅为音乐确定了规范，而且对后来宋词、元曲乃至戏剧的发展，都产生了深远的影响。

隋朝另一著名音乐家白明达也来自西域，隋炀帝十分看重他，任命他为宫廷乐正。他在隋末创制的14首乐曲大多充满颂歌的味道——诸如《万岁乐》《舞席同心结》《投壶乐》《玉女行觞》《泛龙舟》《还旧宫》《长乐花》等——为帝王作乐，在隋炀帝跟前，他也只能作一些颂歌。但这些乐曲掺有龟兹乐风，节奏奔放，曲调欢快，旋律激荡起伏，充满了大漠旷野自由坦荡的气息，所以在宫廷和民间都广为流传。

隋朝灭亡后，白明达又被唐高宗任命为内廷供奉，总管宫廷乐舞。在这期间他创作了最著名的乐曲《春莺啭》。这首乐曲与当时另一宫廷音乐家裴神符创作的《火凤》被称为“二绝”。诗人元稹曾写道：“《火凤》声沉多咽绝，《春莺啭》罢长萧索。”

这就是西域，这就是边缘。

西域音乐如同一条河流，把汉民族的音乐大地浇灌得越来越肥沃，使其开放出了奇花异葩，并培育出了大唐之音，开创了中国音乐文化的巅峰时代。

隋唐的音乐家多为少数民族人士，当时的音乐也多为“胡乐”。宫廷胡乐不绝，乐工咸集，华光璀璨，民间也到了“家家学胡乐”的地步。

作为集诗歌、器乐、舞蹈于一体的唐代大曲，也吸收了许多西域音乐的成分。唐代《教坊记》中记有46首唐曲大曲目，其中广为流传的有《绿腰》《凉州》《伊州》《甘州》《霓裳》《玉树后庭花》《柘枝》《醉浑脱》等。

但自唐以后，这种交流逐渐沉寂，中原的乐舞也越来越衰微。失去了边缘的力量，中心出现了数百年的荒凉。季羡林先生曾说：“世界上四大文化体系唯一汇流的地方就是中国的新疆。这四大文化体系是：中国文化体系、印度文化体系、伊斯兰文化体系和欧美文化体系。这四大文化体系是几千年以来世界上各国、各族人民共同创造出来的，是全人类的智慧结晶。产生于过去，影响在未来，人类前途的荣辱盛衰，仍将决定于四大文化体系的前进与发展。”

我想，西域的千年乐声已经印证了这一点。

第三章

让城头上的风
拂走我长路上的孤独：
帕米尔高原

我想让城头上的风拂走我长路上的孤独。我还感到了来自四面八方的力量，它让我可以继续往前走下去。而看着艾德莱丝绸一样飘动的河流，河流两岸的草滩，草滩上的帐篷，帐篷周围的牧人和畜群，我可以分享到他们的安宁和淡泊。

因为帕米尔，我是别处的过客

我觉得我的灵魂已系于此。

喀什噶尔绿洲是帕米尔高原的基座。

记得我从喀什噶尔起程前往帕米尔高原时，心里很是犹疑。之所以这样，是因为当我已准备走向它时，还对它一无所知，这让我至今想起来还感到羞愧。

其实，我对帕米尔高原一直怀有过于美好的向往，而这种向往最早可追溯到我的少年时期。它养育过我的憧憬之情。

但我从来没有想到这个遥远的、至美与大苦并存的地方与我的人生会有什么联系。我以为，它只会以一种模糊的、混沌的概念存在于我的向往之中，不会再有别的。

即使到了南疆，我想的也是到阿里或喀喇昆仑，不是因为别的，只因为它们更加高远和艰险。但命运却安排我去了塔什库尔干。人们都说，那里比阿里或喀喇昆仑容易生存，且富有文学意蕴，是一个颇有乌托邦色彩的梦境之地。

直到那时，我还是第一次听到“塔什库尔干”这个地名，在这之前，我不知道中国还有这样一个地方。这个富有梦幻色彩的地名显得很不真实，像个虚幻之地。我在心里一遍遍念叨：“塔什库尔干？塔什库尔干……”

我不知道塔什库尔干的方位。我的无知又使我羞于向别人询问。回到旅馆，我在地图上找到了这个地方，原来它就在帕米尔高原上。

于是我就在地图上一次次地计划前往高原的行程。当终于到了起程之时，我的心情异常激动。在我眼里，从喀什噶尔到塔什库尔干那300千米路程显得非同寻常。这点路程对于新疆这块大地本来是不值一提的，但令我疑惑的是，如此高的一个高原，这点路程怎么能绕上去，那路难道是如天梯一样架上去的吗？

我搭上了开往塔什库尔干的班车。

一出喀什噶尔绿洲，就远远地看见了高耸的雪山的影子。大地猛然从山影下拔地而起，让你的视野再也避不开那些雪山。雪山是天地之精华凝成的大景象，高踞于俗世之上。

神就那样突兀地把雪山置于你的跟前，没有任何过程，使你有一种要昏厥的欲望。

过了乌帕尔乡不久，即是一片小小的沙漠，它是塔克拉玛干宏大交响的余音，但却异常顽固，一直与乌帕尔这块绿洲纠结、争斗着。并且，它因了塔克拉玛干这个大后方的支持显得有恃无恐。

车上的塔吉克乡亲一直都在欢笑和歌唱。这些长期生活在高原的人身上的特殊气味给我留下了最初的，也是最深刻的印象。但我不知道那是一种什么气味，直到上了高原，才品出那就是阳光的味道。

塔吉克男人们身上穿着黑色袷袢，腰上系着绣花腰带，他们大多戴着吐马克帽——那是一种黑绒做成的高筒圆帽，帽上绣着好几道花边，帽里是用黑羔羊皮缝成，帽的下沿卷起，露出一圈皮毛——从这装束就可以看出，他们是前两天才从高原下到绿洲的，因为不知道平原上的气候，所以戴着皮帽子。有几个经常下高原的人已有经验，他们戴的是白布缝制的刺绣的谢伊达小圆帽。当他们脱下帽子，就会露出欧罗巴人才有的白色皮肤——他们是我国各民族中唯一的白种人。妇女们则戴着刺绣非常精美的库勒塔帽——这是塔吉克妇女的传统手艺，姑娘们很小就开始学习——即使戴着帽子，她们也在帽子上罩着鲜艳的纱巾。她们一般都梳着很多辫子，辫子上缀满了银饰。脖子上项链的工艺也十分繁复，显得雍容华贵。无论男女都有高原的阳光赐予的红黑而健康的脸庞。热瓦甫和鹰笛美妙的旋律伴着他们的歌唱。在这些他们传唱了数百上千年的歌中，班车像一只快乐的鸟，优哉游哉地向高原飞去。

公路沿着盖孜河岸陡峭的山壁蜿蜒而上。进得山后，山体一派暗红，像是开放得太久的牡丹的颜色，又像是远古时代留在这里的霞光。善良的大自然像是要用这些颜色抹去那些无处不在的荒凉，以让远道而来的旅人有一个快乐的心情；又好像帕米尔是一个唯美的诗人，不允许自己有任何瑕疵。

这里是史书中的玉出之地，据说周穆王当时就是听了他的属臣河宗伯夭的话而西行的。

荒哉周穆王，
八骏穷万里。

朝发昆仑巅，

夕饮瑶池水。

这首很有气势的诗作是明代诗人赵撝所作。他写的就是穆天子驾八骏西行巡游的情形。

穆天子即周穆王，是西周的第五代国王，姓姬，名满。大约公元前976年到前921年间在位。这位颇有作为的国王在位时正值西周国势强盛之际，所辖疆域辽阔。周穆王喜远游狩猎，《左传》说他“欲肆其心，周行于天下”。

《穆天子传》即是写周穆王西行的故事。这部古籍详细记录了周穆王从宗周起程，经燕然山（今蒙古国杭爱山）至青海，再西进柴达木盆地，到塔里木盆地后，北攀昆仑，抵达山顶，站立在高山之巅，环视四野，饱览了辽阔疆土的行程。还说他因这里“万兽之所聚，飞鸟之所栖”，特地在这里狩猎五日，并铭迹于此。然后西行，到达西王母之邦，在瑶池之上，两人饮宴酬答，对酒当歌。他到西方巡游后，东归南郑（今陕西华县）。这部西晋时发现的古籍由于久藏地下，竹简多有漫漶之处，且遗失许多，但纵览全书，仍不失为我国古代一部重要的地理著述和西部旅行记。

车已进入山中，彩色的山已在身后，苍黑的山体和载着冰雪的山峰猛地站在面前，让你惊诧不已。海拔7649米的公格尔山和海拔7595米的公格尔九别峰挨得那么近，像一对情人携手并肩地站在那里，畅想着未来的幸福生活。抬起头来，但见冰峰高耸，悬崖万丈，如凌空危垒，似天柱将倾，碧空一线，青苍迷茫。云在半山腰升腾、弥漫、缭绕、成丝、成缕，如烟一般沿着陡峭的山崖，融进那亘古积雪之中，然后又从积雪里飘荡到幽蓝的苍穹。

盖孜河越来越窄，从上百米的宽度猛然收缩为十几米、几米——甚至许多地方只有两三米，河水涌动着，掀起很高的白浪，冲突着寻找激情的出口；而两侧的山全是从有河水的地方拔地而起的，它们直刺苍穹，似乎随时准备拥抱到一起。

有一种声音越来越响，那是高峡中的盖孜河奔泻而下的声音。河水用时间和耐心硬在公格尔山和公格尔九别峰之间海拔4000多米的地方，劈削琢磨出了自己的通道，使自己得以飞流直下。那巨大的轰鸣声如不绝于耳的滚滚惊雷，先从天空碾过，再轰隆隆滚过峡谷。大地震颤，岩石滚落，以致路边不停地有提醒车辆和行人防止流石的警示标志。

这就是《新唐书·西域传》中的剑末谷，现在，人们称其为老虎口。这两种称呼都形象而生动，人在里面行走，极其危险。而这里，就是帕米尔的西南门户，是古丝绸之路出塔里木盆地前往费尔干纳盆地以至更远的欧洲的咽喉，逾越这道天险之前，是坦坦荡荡的大地；逾越之后，则是地沃物丰的大陆。

过去这里是没有路的，古人在峭壁上打凿出一个个方孔，再插进方木，木头上铺木板土石，修成了葱岭栈道。如今，在那高悬头顶的绝壁上，还可以看见一溜溜方孔，偶尔还可以见到一截枯朽的木头。那些方孔如历史老人的嘴，诉说着行旅和驮队惊险绝伦的往事。

风尖啸着，裹着公格尔山的积雪，夹着公格尔九别峰的寒意，无聊地沿着峡谷游荡。

路继续盘旋而上。大约到了海拔3500米的地方，我们看见了两家柯尔克孜牧民的帐篷，几间用石头垒起来的低矮的地窝子，两缕蓝色的牛粪烟，站在乱石之间的妇女和她们的孩子们，两条对着我们的汽车狂吠的狗，一群枯槁的羊，几头毛色暗淡的驴，两峰神色忧伤的骆驼，两匹疲惫的马和一匹活蹦乱跳的马驹……这些都像是从岩石间突然冒出来的，像是岩石的精灵在一瞬间的幻化。

雪线很低，冰川很近。两座高山几乎全由岩石和冰雪构成。“公格尔”在柯尔克孜语中的意思为“褐色的山”，据认为征服公格尔之难不亚于珠穆朗玛。直到1981年英国怡和有限公司组织登山队，才从南坡首次登上峰顶；而同年日本京都府喀喇昆仑俱乐部公格尔登山队的3名主力队员，在登到7100米处时不幸遇难。其北峰尤为险要，迄今尚无一人从北坡到达过峰顶。

“公格尔九别峰”在柯尔克孜语中意为“褐色的山坡”，1961年中国登山队的潘多和西饶登上了此山，创造了世界女子登山的高度纪录，不幸的是，西饶在下山时坠崖身亡。

这两座山对于要到达其高度和已经到达其高度的人无不显得冷酷无情。

从峡谷里攀援上来，便是布伦口。天地豁然开朗，回过头去，公格尔和公格尔九别两座山峰如两扇即将关闭的大门，峙立在那里，好像在说，进来了，就不能轻易出去。峡谷上面是一片水泽，十分宽阔。这里仍旧是盖孜河段，因为那山峡太窄，夏天水流不出去，在这里被阻滞成湖。湖岸绿草成茵，羊群飘动，骏马奔驰，一派生机。极目四望，群山连绵，重峦叠嶂，山势缓和。与峡谷口正对的那片山峦尤为神奇。布伦口是个大风口，大风被那片山峦所阻，裹挟的泥沙降落下来，堆积在峰峦坡谷之间，愈来愈多，加之沙成白色，远看像从蓝天里缓缓流泻下来的天河；而近看又如飞泻而下的瀑布，让你感到它还带着水雾、带着飞沫，如此地生动，如此地真切，使你疑为那就是盖孜河的源头。是啊，它如此像水。它告诉我，你已置身高原、置身美中了。我也的确像一个跨进了家门的孩子，没有了恐惧和忧虑。

风并不大，但足以把空中的一切尘埃刮走，使天空显得更加明澈，使阳光只需穿过风，就能照耀到大地上。

站在这高原上，我突然觉得我对它是熟悉的。我想念过它。我只是不太了解它，特别是它的内心。

它把它的美和善呈现出来，把忧苦掩藏，像母亲。

我感觉到这是一片从来就没有停止过思考的高原。的确，它思想的光辉一直照耀着西起里海，东达兴安岭，南自喜马拉雅山，北至阿尔泰山的中亚大地（此范围由德国地理学家洪堡划定）。对此，我更不能洞悉。

重返这座高原之前，我已去过阿里和喀喇昆仑，我有了对照。如果喀喇昆仑属于大荒之地，阿里属于至纯之境，那么，帕米尔就是大美之所在。当然，三者都有一种静：阿里是神居之地那种带着肃穆和神圣意味的静；喀喇昆仑的静则带着死亡之域的那种荒凉和恐怖的气息；帕米尔的静是宁静，它有一种类似于瓦尔登湖的安宁，且带着创始之初的氛围——它还像一具“高榻”，收容并医治着被长旅搞得疲惫不堪、内心浮躁的游子。

我内心有些颤抖。我知道，它对于我而言，已是一处精神的故乡。这里的每块石头，每棵牧草，每片青稞地，每间低矮的冬窝子，每个贫穷而又自由的乡亲，每只降生的羔羊，每个月夜，每阵风，每一缕阳光，都已超越了其自身的意义，闪耀在我心灵的最高处。

我不会像同行者那样因为它的美而高兴地惊叹，或抑制不住眼中的泪水。我可以平静以待，像永恒的爱情。

它们正化为血液，流在我的血脉之中。

我觉得我的灵魂已系于此。我想，因了这高原，我将永远是别处的过客。

在慕士塔格山下

一切都只能使你发出这样的感叹：啊！最后这感叹总会变成叹息：唉！——这是你为自己的语言难以表达而惋惜和遗憾。这叹息在此时是感叹的最高形式。

他蹲伏在那里，一直蹲伏在那里，如捕食的豹，如准备咆哮的雄狮，成为生命灵动与威严的象征，久远而又永恒。但我第一次见到他，就觉得他是父亲。他不是要如豹或狮欲捕获什么，而是像蹲伏在那里的父亲，要把宽阔而又慈祥的背给你，让你到他的背上去，带你逃离人世里的灾害和苦难。

在这座高原上，你永远无法走出他的身影，他不但是你视野中的高度，也是你内心乃至灵魂的高度，带着太阳似的光芒。

这是我所见到的最可亲近，又最为雄伟壮美的雪山。

而他仅仅蹲伏在那里，我根本无法想象他站立起来时的身姿。如果他蹲伏在那里你还可以双手搭上他的肩膀，或调皮地去摸摸他的耳垂、扯扯他的胡髭，可一旦站起来，你就只有仰望的份儿了。

而站起来的父亲又该是多么的俊逸潇洒、风流倜傥呀。

我向他走去。我的心因为激动而不再跳动了，呼吸在喉间停滞着。我深情地呼唤着：

“啊，慕士塔格……”

中巴公路左侧是昆仑山，右侧为萨雷阔勒岭，中间就一道河川，像个顽皮的小女孩，在牧草间蹦跳。“波谜罗（即帕米尔）川，东西千余里，南北百余里，狭隘之处不逾十里”。这里可能就是《大唐西域记》中“不逾十里”之处吧，河是小河，黑牦牛，大红马，白绵羊，是河川中活动的景致。

昆仑山在其发源处就显得气势不凡，慕士塔格无疑最为优秀。它高居于众山之上，带着干达克尔山、孜尔孜尼东山、喀拉拜牧热克山、皮勒山、阿尔孜山和热斯卡木山等几十座海拔5000米以上的雪山——它们几乎没有雪线，也没有其他平凡山峦的支撑，从河川处就晶莹剔透起来。挺拔、秀美、灵动、卓然，保有昆仑山这一山系的举世无双的崇高荣誉。

萨雷阔勒岭则卑微得多，与昆仑山结伴而行，并没有使它沾上什么荣耀。它显得谦卑、和气，到了山顶处才有菲薄的积雪（自然是在夏天），其他地方则生长着零星的牧草，供羊群在上面任意游荡。山与人一样，也有各自的命运。但它像是被命运安排来衬托昆仑山的磅礴似的，它土头土脑的身影距圣洁的昆仑山很近。

公路傍着萨雷阔勒岭而行。我记得我第一次上来时，车走着，停住了，一个塔吉克乡亲下了车，洒脱地朝我们弹了弹指头，算是祝我们走好，自己却到了路边的一块草坪上，躺下来，伸展开四肢，悠闲自得地一边享受着阳光，一边睡着了。可能是那车让他坐着受累吧，他要休息一下，再往家里走。从那以后，我每次经过那里，总会想起他，总要往那块草坪望过去，看他是不是仍然躺在那里休息。

在离慕士塔格越来越近的时候，空气潮湿起来，隐隐听到母亲抚拍孩子的声音，轻柔、温暖。然后听到水禽欢快的鸣叫。这提醒我，是浪在抚拍岸。果然，喀喇库勒湖很快就出现在了眼前。

湖边有专门为各国登山者搭设的永久性大本营。附近还有一连串被彼此隔断的小湖和水塘，形成了许多或大或小的山角和小岛，斑斑点点，浓淡相宜，颇似水墨风景。

彼此相距不远的慕士塔格、公格尔、公格尔九别三座山峰，构成了帕米尔高原的极高峰地域。自1980年对外开放以来，这里已成为高山旅行探险的最热点，来自世界各地的登山者络绎不绝。

对任何一个旅行者而言，这湖都绝对是大自然给予的意外恩赐。谁会想到山下会有如此具有个性的、不乏柔美的湖呢。

喀喇库勒湖像是为慕士塔格专门备下的一面穿衣镜。这座伟岸的高峰从头至脚全部能在湖里照映。这个风流的父亲，即使在把自己的脊背给孩子时，也注重仪表，白袍上不能有一点污渍，褐色的裤子要一直保持整洁，即使每一道褶皱也不是随意熨烫的，处处体现着唯美的品性。

只有爱人是自己的镜子，从爱人那里不但能照见自己的外貌，还能照见自己的内心。

父亲黛黑色皮肤的情人——喀喇库勒，与慕士塔格相互映照，成为当地的谚语：“慕士塔格峰有多高，喀喇库勒湖就有多深。”

“喀喇库勒”是柯尔克孜语，意为“黑色湖”，其水面海拔3500米。玄奘在《大唐西域记》中对此湖有过描述：“波谜罗川中有大龙池，东西三百余里，南北五十余里，据大葱岭内，当赡部洲中，其地最高也。水乃澄清皎镜，莫测其深，色带青黑，味甚甘美。”

喀喇库勒湖的确是一座梦幻般的高原湖，如果乘车，无论是从喀什噶尔出发上高原，还是从塔什库尔干下高原，都是在正午左右经过这里。那时，天空幽深、蔚蓝，洁净得纤尘不染，雪山连绵逶迤，如涛似浪地翻卷到湖跟前，停住，然后就凝固了。不知雪山是被喀喇库勒湖的美所惊讶而止了步，还是慕士塔格伸出手臂，示意雪山不要喧哗，不要打扰喀喇库勒湖宁静的心，喀喇库勒湖就这样躺在慕士塔格的臂弯里，不知过去了多少岁月。

丝绸之路自开通以来，就从湖畔通过。千百年间，喀喇库勒湖不知给多少驮畜和商旅带来过惊喜。他们长途跋涉、风餐露宿，至此终于可以一洗疲惫的身心。

喀喇库勒湖水波浩渺，波光潋滟，水色迷茫，加之蓝天与雪山的映衬，构成了一幅绝美的图景，鸳鸯、天鹅、野鸭、棕头鸥等十多种水鸟，款款游弋，嬉戏时会翻腾出无数朵浪花，使倒映在水中的慕士塔格也随之荡漾；岸边湖水不深，日光照耀下，纤微可见。据说这里的鱼从没人捕食，所以它们一直是自由的鱼。湖边的草滩缀满了红红黄黄的小花。而更远处的湖岸边，则有隐隐约约的柯尔克孜人的村落，袅袅的炊烟有时成为一线，升得很高；有时被风揉散了，迷漫在湖面上。牲畜的叫声与牧人的歌声和波涛声一起飘过来，传递出世外桃园般的气息。

我在一位塔吉克老牧人那里听到过一个动人的传说。这个传说中，慕士塔格只是那个故事的载体。

相传在几千年之前，慕士塔格山顶上不是现在这样被冰雪覆盖着，而是一个森林葱郁、流水蜿蜒、百花争艳、芳香远逸的专供神仙栖居的地方。山脚下的塔阿尔马，有个长相英俊的神箭手，爱上了一位名叫古丽夏蒂的姑娘。古丽夏蒂想把塔阿尔马也变成鲜花盛开的地方，所以，当神箭手向她求爱时，她提出了一个条件，要神箭手登上慕士塔格峰顶，到仙苑去采来神花，种在塔阿尔马的荒原上，当这里成为花园时，她就嫁给他。

为了爱情，神箭手带上干粮和短剑出发了。经历了种种危险之后，他到了仙苑，摘下了仙苑中最美的两朵花。正当他准备离开时，忽然电闪雷鸣，天昏地暗，飞沙走石。原来守护仙苑的仙女发现了他。仙女让恶鬼迪外前来擒拿他，神箭手杀死了恶鬼。仙女亲自来战，杀到半夜，神箭手累得昏了过去。仙女没有杀他。他醒来后，向仙女讲述了盗花的原因。仙女深受感动，让他带走了仙花。神箭手将花种在荒原上，塔阿尔马马上变成了花园。他与心爱的姑娘也终成眷属。而那位善良的仙女却被囚禁在山顶上，失去了自由。仙女不停地流泪。为了人间的幸福，仙女右眼流的是欢乐的泪水，这泪水化作清泉，浇灌着山下的草原和绿洲；仙女的左眼流出的是伤感的泪水，这泪水化作千年不化的冰雪，覆盖着慕士塔格的峰顶。

听完这个故事，毡帐里一片沉默，良久，才有人问：

“那么，喀喇库勒湖呢？”

老人沉吟良久，缓缓答道：“喀喇库勒湖嘛，它是那仙女的心。仙女虽然老了，但她对塔吉克人的一颗慈爱的心却永远那么年轻，像水一样，永不会老……”

也有人说，山上有一座墓，墓里埋葬着仁慈的圣者；还有人说，山上有一条美丽的闪着银光的河，河边有一对白色的骆驼；甚至有人说，山上有一座与世隔绝的城，城里的居民过着人世间没有的幸福生活。慕士塔格竟有如此美丽、哀婉而纷繁的传说。这传说使慕士塔格显得更加巍然，更加清澈和圣洁。

愈来愈靠近慕士塔格，我的心也愈来愈沉醉。抬头望去，可以清晰地看见冰雪一年又一年堆积时留下的纹路，那纹路与树纹一样清晰。可以看见雪岩冰崖，可以看见雪山在阳光照耀下升腾起的丝丝缕缕的水雾。

在喀喇库勒湖西岸可以看见千姿百态的冰川奇观。慕士塔格冰雪厚度50至70米，冰川覆盖面积达200多平方千米，平均厚度在300米左右，有些冰川一直俯冲到了海拔3900米的地方。由于这里地势很高，气流容易侵入，慕士塔格一年四季下雪，这些雪常年积累，在压力作用下，形成了巨大的冰盖，把整个山峰严严实实地盖住了。

这些冰川似乎伸手可及。第一次来到冰川下面时，它就勾起了我接近的欲望。我和两个朋友经过较为细致的准备，攀到了海拔6000米左右的地方。这里虽只是万丈冰川的“舌部”，但已气势恢宏。这些纵横于山壑间的冰川，像一条条无声的瀑布，流泻在300余平方千米的山体上。即使黄河壶口也没有如此的声威。

蓝天伸手可触，白云俯身可掬，喀喇库勒湖的湖水显得更为黛黑，羊群和毡帐星星点点，银链般的康西瓦河九曲十八弯，悠然自得地汇入盖孜河。南边的塔什库尔干河则闪着光，奔腾着，汇入叶尔羌河。四周耸立着难以计数的大小高低不等的冰峰，近处的高数十上百米，远处的高达几百米。一座座银雕玉琢，在阳光中闪着奇异的蓝光。我还是第一次看见盛开的雪莲，一朵朵冰肌玉骨，蕊红如霞。在这叠银砌玉的冰雪世界里，你无法相信它是植物，只以为它是神异的精灵。

正值炎夏，冰川消融，大大小小的水流在冰缝间淙淙流淌。一尘不染的水，流注于透着莹莹蓝光的冰上，你无法想象这水是何等的纯洁。

一切都只能使你发出这样的感叹：啊！

最后这感叹总会变成叹息：唉！——这是你为自己的语言难以表达而惋惜和遗憾。这叹息在此时是感叹的最高形式。

我们顺着一条冰上的小河继续向上攀登，直到看见一大片如林似塔的冰峰。它们或如倚天长剑，寒光闪烁；或如银色城堡，晶莹富丽。低洼处有幽深的冰洞，可容纳六七十人，门口有冰柱为帘，洞内光线幽蓝，寒意萧萧，令人战栗；有些地方可见宽达数米的冰缝，深不见底，推下一块冰，很久才能听见响声；有些地方，外实内空，俯耳于冰上，可以听见十分美妙的潺潺流水声；而最为壮观的要算冰川末端的冰舌了，冰舌一般宽上百米，高十几米到几十米，消融的冰水顺冰舌舌尖往下流，遇冰后又凝结成冰柱，久而久之，成排的冰柱形成了一个巨大的晶莹透亮的冰帘，像一座水晶宫殿。还有腾空欲飞的冰龙，枝繁叶茂的冰树，巧夺天工的冰桥，以及冰屋、冰塔、冰亭……好像真有神灵在这里成年累月地修葺、建造着人间仙境——直到使这一切闪烁着神话般的瑰丽色彩。

我们在夕阳西沉时撤到了冰川末端。在一片冰林间支起帐篷，铺上皮大衣，放上睡袋，准备在这里过夜。

晚霞中的冰川更为瑰丽，所有的冰都流着橘红色的光。整个慕士塔格也像一柄点燃的火炬，给整个高原镀上了那种橘红。此时的慕士塔格给人的印象更为深刻。当一切峰峦都已暗淡，慕士塔格的顶峰却仍然燃烧着，这使其身姿更为鲜明孤峻。此时，你身体中的各种激情都被调动起来了，但不是为别的，只是因为敬畏和热爱。

明月升起来了。月光中的慕士塔格啊……冰雪的光与如水的月光交融，孕育出一种无法描述的光彩。这光彩形成了一个巨大的光环——就是我们在佛教图画中看见的笼罩在佛祖头上的光环……

从睡袋里钻出来，面对着这从未见过的清明的、红尘中难得见到的光彩，我感到身体飘浮了起来。我体内一切红尘之物皆被这光透彻地洗涤净了，无须任何托举，我就能在空中自由地飞翔。

我惊奇地待在那光中。我知道自己并没有做梦……但你无法相信自己不是在梦中。

我不知何时跪了下去，也不知何时泪流满面，最后，我哭出了声。我只有以这种方式来表达自己对大自然之美的惊叹和全身心的陶醉，没有任何语言可以描绘这一切。

虽然如此渴望化为一枚雪、一滴水，融入其中，但我连一丝梦也没有做，思想和心灵如此空明，如同化境。

那是我平生最为神圣的睡眠。

至今，每每想起，双眼还会潮湿，身体还会有一种飘然欲飞的感觉，我还会轻轻地呼唤一声：

“慕士塔格——”

然后默默吟唱那首古老的歌：

山丛中有同天堂一样的花园，
鲜花散放的芳香使人们迷恋；
泉水像蜜汁一样甘甜，
山石像宝石一样耀眼……

石头城的足迹可能被遗忘湮没

我想让城头上的风拂走我长路上的孤独。在这里，我还感到了来自四面八方的力量，它让我可以继续往前走下去。

帕米尔在波斯语中意为“平顶屋”，言大地一屋顶也。它是亚洲万山之宗，世界屋脊。喜马拉雅山、喀喇昆仑山、昆仑山、天山、兴都库什山以此为中心，如巨龙蜿蜒，气势磅礴地向四面八方奔腾而去。只有这高原可以束住它。像一位严厉的父亲看管着他的孩子们。它不能让它们肆意乱窜。我们不敢设想，假如有一天这些山脉没人管束了，我们居住的星球该是一种什么情形呀：喜马拉雅一头扎进了印度洋，在里面肆无忌惮地扎猛子；昆仑和喀喇昆仑则轰隆隆直奔东南亚，窜进太平洋，把头搁在了美利坚的土地上；天山在蒙古草原或华北平原如脱缰野马；兴都库什一赌气跑到了欧洲……那可是真正的天下大乱。帕米尔扣结之重要可见一斑。所以唐代高僧玄奘说，“葱岭者，据赡部洲中”。由此可见，在佛经中的世界四大洲中，它是中心。

看着石头城，我觉得它就是这中心的神圣标志，是这扣结上最关键的栓。谁拔下它，这扣结就散了，就像拔下发髻上的玉簪后，头发会披泻下来一样。

而这扣结的含义不仅是地理上的。还有文明。我曾冥思苦想，想找到中亚大地文明的扣结，都不得结果。但当我到达这里，看见石头城，我有些兴奋，“这不就是中亚文明的扣结吗”？

这城如一粒纽扣，但它没有扣上。它像母亲一样解开着胸怀，用自己吸纳于天地和四海间的精华，喂养着古往今来每一个饥饿的孩子。它又像一架功能巨大的文明发射器，把这文明传播到尽可能远的地方。

在这座高原上，石头城无疑是我最想前往的地方。我想让城头上的风拂走我长路上的孤独。在这里，我还感到了来自四面八方的力量，它让我可以继续往前走下去。而看着艾德莱丝绸一样飘动的河流，河流两岸的草滩，草滩上的帐篷，帐篷周围的牧人和畜群，我可以分享到他们的安宁和淡泊。在高原的那些日子里，我更多的时候只是前往，没有任何目的，我只是想摸摸那高大的墙和城内众多的石头。墙和石头随着季节而冷暖。但自从我知道这城所载负的分量之后，这些石头就一直带着岁月予以的灼人的热度。

这城是丝绸之路上的重要历史标记之一，也是帕米尔高原最显著的文化象征。

我国有三大著名的石头城，一是4世纪建造的辽宁石头城；二是公元前333年建造的南京石头城；三是帕米尔高原上的这座。它在塔什库尔干县城东北的一座小山岗上。

《梁书》最早记载了它，说它“城周回十余里”；玄奘见它时，已扩展为“城周二十余里”。据考古考察，它建于1300年以前。它悠久的历史，复杂的建筑，牢固的结构，宽大的面积，在中外闻名。许多城堡学家、历史学家和考古学家都对这座云端中的古城进行过研究。还在2世纪时，希腊学者Pitolmis就对马其顿商人玛伊斯提塔亚努斯在前往“丝国”（Seres，当时丝绸出自中国，所以它就成了中国的代称）途中来到石头城的经历进行了描述，他说，石头城在当时是一个很大的商业中心。法国人L.布宜利诺宜斯在其一篇题为《丝路》的文章中对此进行了证实。后来，斯坦因也来此做了细致的考察，并在《斯坦因西域考古记》中做了详尽的介绍。

这座城分为内城和外城，外城已遭到严重破坏，只可见到一些露出地面的城墙、炮台和居民住宅的遗迹轮廓。唯有保存较完好的内城还依稀可见昔日的威严。

内城主要是王宫，它由宫府、军政官员的宅邸和佛寺组成。现在，这些建筑已荡然无存，只可寻到残墙断垣。内城自山冈脚下筑起，以山冈的自然结构为基础，与上窄下宽的山冈形状完全一样，既非方形也非圆形。它略高于冈顶，形成巍峨壮观的城楼。

这里遗存最多的是石头。这座城包括城堞、哨楼和炮台都是由这些石头垒砌而成的。还有一些石头是专门运上来堆放在城上，作为武器使用的。在冷兵器时代，这的确是很有用的守城武器。

绿色的河滩、褐色的山冈、泥土垒成的古城，环绕四周的雪山，雪山上的苍穹，构成了一幅层次明晰、色调柔和、古朴庄严的图画。

在海路尚未开通之前，帕米尔是东西方之间来往交流的必经之路。班固在《前汉书·西域传》中说：“自玉门、阳关出西域有两道。从鄯善傍南山北、波河西，行至莎车，为南道；南道西逾葱岭则出大月氏、安息。自车师前王庭随北山、波河西行，至疏勒，为北道；北道西逾葱岭则出大宛、康居、奄蔡焉。”这说明古代丝绸之路在进入塔里木盆地以后，分为南北两道，向着不同的目的地延伸，而到了葱岭后又交汇一处，直达古丝绸之路上著名的石头城。从那里起，又分南北两道，到中亚、小亚细亚、南亚次大陆以及更远的地方。这使塔什库尔干成了东方丝绸之路的终点和西方丝绸之路的起点。

正因为塔什库尔干是丝绸之路的要塞，因此在周穆王西巡以来的三千年时光中，已有无数的使者、将帅、王侯、艺家、文人、僧侣和往来跋涉的商贾，在这里留下了他们的身影。他们通过政治上的抗争和亲睦，军事上的冲突与结盟，经济上的交流与贸易，文化上的冲撞与交融，科技上的渗透与演进，留下了无数浓墨重彩的画卷和撼人心魂的诗篇。

在世界文明的发展史上，它是世界文明古国中国、印度、埃及、巴比伦之间的纽带；在丝绸之路通过的地方，出现过蒙元、波斯、马其顿、罗马、奥斯曼等跨越亚、欧、非的大帝国；在这片高原上，留下了法显、慧生、宋云、玄奘、慧超、悟空、马可·波罗、斯坦因等著名旅行家的足迹；各种文化——古希腊文化、伊朗—中亚文化、阿拉伯文化、印度文化、诸突厥民族文化、中原汉族文化都曾在这里交融；各种宗教——祆教、摩尼教、佛教、伊斯兰教先后经这里传播到广阔而遥远的地方；诸种语言——印欧语系中的塞语、粟特语、吐火罗语，阿尔泰语系中的古突厥语、蒙古语、维吾尔语、柯尔克孜语，汉藏语系中的羌语、吐蕃语、汉语以及随伊斯兰教一同传入的阿拉伯语，都同当地语言一起被广泛地使用过；在这条道路上，塞人、羌人、丁零人、月氏人、匈奴人、突厥人、蒙古人自东向西迁徙，希腊人、阿拉伯人、雅利安人、粟特人自西向东迁移，各民族的兴衰荣辱系于此路，在这个高处的点上碰撞；还有各种性质的政权——汉朝时期的“蒲犁国”，在三国到唐朝开元年间一直统治帕米尔的“朅盘陀国”，唐朝政府设立的“葱岭守捉”，清朝时期的“色勒库尔回庄”，也都曾在此地实施统治……著名历史学家顾颉刚在《中国史学入门》中甚至指出：“世界人类最古是在帕米尔高原繁衍起来的。以后，从这里分为去亚洲的、去欧洲的、去非洲的若干支。”

这片高原，这条平凡的路，这座早已荒废的石头城，载负了古今中外多少伟大的人和事呀。如今，这个名副其实的中心已变成了“边缘”，她曾经养育过、扶携过的地方越来越繁盛，唯有她，这位因载负过多，长年操劳，完全付出了的母亲，乳汁干了，自己也越来越贫穷和衰老了。留下的，只有她过去的传说，只有她永远美好的品德。

但我们应该与这位年老的母亲相守。她有别人不可能有的智慧和经验。她的繁荣起来的儿子们——西安、兰州、敦煌、喀什、德里、德黑兰、大马士革、君士坦丁堡……应该有她的塑像。这塑像要突出她白发的头，如这沟壑一样纵横的皱纹，要特别突出她解开纽扣的胸怀和怀中已经枯萎、如倒空的粮袋一样下垂的乳房，突出她要像突出维纳斯的断臂一样。无论怎样，她甚至可以是一尊残雕，但一定要能聆听到她的心跳。然后，在跟石头城的土黄色一样颜色的基座上，刻上马可·波罗的话——

足迹可能被遗忘湮没。

87岁还可以骑光背骏马的骑士

他思考了好一阵子，然后用那种特有的塔吉克式汉话平静地说：“自由，自由就是只尊重自己的这颗心！”

在瓦罕走廊的明铁盖达坂下，每年夏季，就会撑起一顶白色的帐篷。人们把帐篷的主人叫“鲁斯坦姆”，这是波斯诗人菲尔多西的史诗《王书》中记载的一个传说中的塔吉克英雄的名字。之所以把这个尊称给予他，是因为他1944年参加过“三区革命”，作战十分勇敢。革命结束后，他拒绝成为官员，继续回到高原做他的牧羊人。

我见他时他已87岁高龄，留着漂亮的胡须，红黑的脸膛像年轻小伙子的脸一样富有光泽，身子骨硬朗，一顿还能啃一条羊腿，即使喝一斤白酒也没有醉意。因为一辈子都在马背上，他的背有些驼，腿也成了那种在牧区常见的马步状。他年龄已高，但从没停止过劳动，当时他还可以骑着光背骏马在河川和草原上飞奔。他一生喜欢骏马，也是帕米尔高原上有名的骑手。据说他骑的那匹马是他花了大价钱从阿富汗的一个部落头人那里买来的。因为那马四蹄白色，全身枣红，他就给它取名“踏雪红”。人们说他是塔吉克人中的富人，在县城的银行里存了很大一笔钱。问他，他说，反正他的那些钱是数不完了。问他能数到多少。他儿子说，过了千就不行了，一千一、一千二，他只会这么数，不知道还有一千一百一十一，他嫌这数字啰唆。

老人每每听他儿子这样说，总会愉快地发出嗬嗬的笑声。

同行的人就说：“你有这么多钱，还待在这穷山沟里干吗？到城里去买幢房子，做点生意不好吗？”

“这是穷山沟吗？我是鹰，你在城里头见过鹰的影子吗？城里头只有养鸡场，你是要我不做鹰而到城里去做一只养鸡场里的鸡吗？你要知道，鹰因为自由从不会离开自己飞翔的天空，人也不能为了享乐而离开自己的家园。”

“那你说什么是自由。”

他思考了好一阵子，然后用那种特有的塔吉克式汉话平静地说：“自由，自由就是只尊重自己的这颗心！”

听他说出这句话，在场的人几乎都傻了。我觉得他多像为丰富美国“自由”内涵而在思考的马丁·路德·金啊！

他说得太好了：

“自由，自由就是只尊重自己的这颗心！”

这是一句在任何地方都应该用黑体印刷的话。但它却出自一个数数只能数到一千的塔吉克老牧人。

我当时哑口无言。我不得不承认，我是在这里，在这不时可听见马嘶、羊咩，弥漫着荒原味和腥膻味的毡帐里，在奶茶的香味中，第一次接受了关于自由的启蒙。而此时，我已27岁了。

从那以后，我只要去那个地方，总要打听“鲁斯坦姆”老人，但他很多时候不在，他的帐篷四处迁移着。有一次我打听到，他还能骑马，他已88岁了。我对告诉我他情况的人说，如见到他，请转告他，不要再骑光背马了，那样不安全，并留下两瓶酒给他。

不想没过多久，他骑马走了100多千米，专门到县城来看我。在边防团的营门外下了马，他就对哨兵喊叫道，他要找卢“卡特尔”（长官之意），写东西的那个卢“卡特尔”。哨兵打电话给我，说有一个塔吉克老人找我。我知道一定是他，飞快地迎了出去。

见了我，他高兴地说：“我是从塔什库尔干草原赶来看你的。美酒已经收到，还没舍得喝，准备留到哪天骑马需要鞍子时再喝。我还给你带了一条羊腿来。”说完，他把羊腿递给了我，欢快地笑了。

他的马仍然光背。

他从这么远的地方来看我，我荣幸而高兴。我把他请到了我在高地上的住所。他的骏马跟着他，像是他的一部分。

我把羊腿用高压锅清炖后，我们就喝起酒来。喝了一阵酒后，他就打量我的书，然后说书好，书是安拉对人类最伟大的赐予，没有什么能比过它。世界应该是这个样子的，安拉在最上面，其次是自由，然后是书，再然后是大地。他说他不识字，问我能不能为他朗诵一点东西，他愿意用塔吉克民歌来换。

我自然很高兴。

……我要歌颂大地，万物之母，坚固的根基，最最年长的生物。它养育一切在神圣的土地上行走，在海上活动和在天上飞翔的创造物。它们都靠它的丰饶而生存……

向你致意，大地母亲，繁星密布的天空的配偶。请为我的歌而友善地赐以令人欢欣鼓舞的粮食吧。我要想念你和其他的颂歌。

这是荷马的《颂歌》，我的声音沙哑，朗诵得不好，但他听得入了迷。然后，我又为他朗诵了方济各（意大利天主教会的圣者）的《太阳颂》。听完后，他竟然记住了第一段，并随口朗诵起来：

赞美你，我的主，
以及你的所有创造物，
尤其是高贵的女主人，
太阳妹妹，
她每天用光赠送我们白昼。
她的美丽，
在光辉中容光焕发：
你的象征，至高者！

他坚持要我把《太阳颂》抄给他："我们是太阳之子，应该时时听听太阳的颂歌。"

我们一瓶接一瓶地喝酒，他一首接一首地唱歌，其中有我非常爱听的《黑眼珠》《巴娜玛柯》《古丽塔扎》。他的声音已经苍老，但那苍老的声音十分独特，充满了真情，透露出爱情之歌的恒久魅力。我是第一次听一个老者唱这样优美的情歌。我感到唱着情歌的他一点也没有衰老。他歌唱时显得那么年轻，眼里一直噙着动情的热泪。

之后，我给他朗诵了德国作家E.凯斯特纳的诗歌《依然是老猴》，他听完后，高兴得手舞足蹈起来："说得太好了，我那两个城里的儿子就是这样——如今他们坐在供暖的屋里，跳蚤跑了。他们坐在电话机旁，但声音还是那样，完全像当年在树上。”

我们成了忘年交。他也是我在塔什库尔干最年长的朋友。那天送他走时，他突然有些伤感地说：“可惜我年纪太大了，不能与你长久地交往。”

我说：“你说不定比我还能活呢。”

他认真地摇摇头，说：“没什么，死后没了这肉体的累赘，灵魂就更加自在了。”

他说着，敏捷地上了马背，见我露出担心的神情，就笑笑说：“鹰翅在雄鹰诞生之前就与天空相配，马蹄在骏马出生之前就与草原在一起。我嘛，我这腿在我出生之前就与马背搭配着，你放心吧！”说完，双腿一夹马腹，马儿就载着他跑开了。

从那以后，我再也没有见过他，也无法与这个游牧者联系。两年后我又一次到帕米尔高原旅行，我想我无论如何也要找到他，打听了半天，得知他刚去世不久。

他刚好活了90岁。

我找到他的儿子，他儿子告诉我，他父亲曾去看望过我两回，我都不在。我给他抄的《太阳颂》，他只要一见到识字的人，就会让别人为他朗诵，后来，他自己就记住了。

去世的前一年，有一天他骑上马背，发现自己在光马背上坐不住了，就跳了下来。他对儿子说：“我要有马鞍才能骑马了，我该喝我朋友送给我的好酒了。”他喝了我送给他的酒，但他发现，因为他已骑惯了光背马，鞍子并没有给他什么帮助。他又把鞍子收了，仍骑光背马，但已不能让马快跑。他的心情从此变坏了。有一天，他从草原上骑马回来，十分平静地进了帐篷，喝了一杯酒，就坐在毡子上，就那样坐着，去世了。

我去了他的麻扎，为我的朋友——这位自由的骑手，按我自己的方式敬了三杯酒，然后为他朗诵了他喜爱的《太阳颂》。

准备离开他时的那个静穆的时刻，我仿佛听见从远处传来了他饱含真情的情歌声：

你是群芳之冠，百花与你相伴，
奇花异草把你娇艳的姿态迷恋，
想起你的容颜，花园在我眼前呈现，
美丽的人儿啊，别再用利剑戳伤我的心田，
我这可怜人为追求你早已凋残！

草叶之上，没有灰尘

骨子里的味儿能洗掉吗？我喜欢这个味儿——对，牧场的味儿。

1997年底，我从帕米尔高原来到北京，有位朋友和我见面不久，就不自在起来，过了一会儿，她终于忍不住了，问我："你说说看，你是不是在新疆开牧场呀？"

我一听，觉得这个问题问得十分突兀，一时不知该怎么回答，愣了半天，才木讷地问她："你怎么问了这样一个问题？"

她犹豫了半天，说："你身上有股怪怪的味儿——牧场的味儿。"

我扑哧一声笑了。"你说羊膻味儿不就得了吗，还牧场的味儿！"

她认真地说："不只是羊膻味儿，的确是由羊膻味、马汗味、干牛粪气息、生奶子味混合成的牧场味儿。你是不是也是'韦鞲毳幕，以御风雨。膻肉酪浆，以充饥渴'呀？"

听她这么说，我就半开玩笑地回答道："我飘然旷野。"

然而她却十分认真，又一次问我："你一定要告诉我，那是不是牧场的味儿？”

我说：“我没有闻出来。”

“谁能闻见自己身上的味儿呢。”

我说：“那么，它就是从我骨子里飘出来的。”

看来，她并不喜欢这个味儿。她说：“你洗个澡吧，把衣服都换掉。”

我笑了笑，认真地对她说：“骨子里的味儿能洗掉吗？我喜欢这个味儿——对，牧场的味儿。既然你不习惯这个味儿，那我就走了。”

她十分委屈地挽留我，说：“我的确不习惯那味儿，我习惯你原来的味儿。”

我想说，我身上从没有过那种“原来”的味道，我是野蛮人。我以前是农民，身上只有乡土的味儿，那味儿是由汗臭味、泥土味、人粪和牛粪、猪粪、柴火灰混合成的肥料味组成的；之后是大兵味，那是由汗臭味——野蛮人最明显的标记、枪油味、硝烟味、金属味以及由“我×”之类的粗话组成的；然后就是帕米尔高原的牧场味儿了。

但我什么也没有说。

从那以后，我就留意起自己身上的气味了。我喜欢自己身上的牧场的气味。我只是遗憾自己身上的气味不浓，遗憾自己身上的气味不地道，遗憾自己只是沾带了他们的一点点气味，所以我对牧场气味的了解也是粗浅的。

——天色微明，塔吉克男人骑着马，带一把鹰笛，抓一把奶疙瘩——制作酸奶子后剩下的、凝固成块或颗粒的奶渣，它略带酸味，营养丰富，止饥耐渴——带一个馕，就赶着牛羊走向了茫茫高原。帐篷里的事情由妻子承担。在男人起床之前，她们已挤完了牛奶，给男人烧好了奶茶；男人走后，她们则要照顾老人，制作酸奶，挤牛奶羊奶，喂养幼小的牲畜，哺育同样幼小的孩子，驱赶靠近帐篷的狼，擀毡，搓绳，绣制衣帽……其辛苦程度自不待言。

一般情况下，都是三五户、十几户人家的帐篷聚在一起，这样，彼此之间有个照应。白天你到他们的帐篷里做客，帐篷里几乎全是老人、妇女和孩子。谁家来了客人，他们都会赶过来坐满整个帐篷，欢乐的气氛就会产生。要是在冬天，帐篷里还会挤来羊羔、牛犊和马驹，有时甚至有刚出生不久的小骆驼。因为帕米尔的冬天十分寒冷，他们怕冻坏那些小牲口，所以它们一直要和人们居住到来年天气转暖为止。塔吉克乡亲们会像照顾自己的孩子一样照顾这些可爱的小家伙。

他们与它们共同酿制了帐篷的气味。

——无论在什么地方，塔吉克女人都把自己尽可能打扮得很漂亮。那黄色或红色的头巾，如同花朵，四季常开，成为高原最扎眼的点缀。而转场时的塔吉克女人更为漂亮，她们穿着鲜艳的衣裙，发辫上镶满了各种银饰。新娘还在辫梢饰有丝穗，戴上贵重的手镯和戒指，耳朵上戴着大耳环，脖子上要绕好几道用珍珠和银子做成的项链，胸前佩戴着叫作“阿勒卡”的圆形大银饰，有的在已有斑斓刺绣的库勒塔帽子上还要装饰上珍珠、玛瑙和宝石做成的饰物，庄重华贵，一如女皇。

塔吉克男女都是优秀的骑手，当你看到妇女和男人一起，骑着马或骆驼出没于草原、荒滩和陡峭无比的山路时，你会觉得不可思议；当她们拖儿带女，骑着高大的骆驼，但当你看到她们不但怀抱婴儿，背上还背着一个稍大的孩子，再带一个大一点的孩子在鞍子后面时，攀上四五千米达坂的时候，你会被她们那惊人的耐力和强悍的生命力所震撼。她们就这样走过戈壁荒滩，走过崎岖蜿蜒的山路，翻过冰达坂，去到新的牧场，把那两峰骆驼所能驼走的家安在新的地方。

因为靠近灶台的地方是专为家人腾出睡觉的地方，我已不知在多少家帐篷里的灶台边睡过。吃过晚饭，我用塔吉克式的普通话和男主人聊天，女主人会无声地为我铺好被褥，然后会蹲在我们跟前，为我脱鞋。开始时我很不适应——没有一个人会适应，但这是乡亲们的待客方式。他们总是以所能做到的最好、最周到、最温暖、最让人感觉被尊重的方式来对待客人。

塔吉克女人的一生中，以出嫁前后截然不同的人生为界限。婚前，好姑娘的标志是勤快、少出门，以积累与高原终生相守的人生经验。一旦出嫁，仍旧是勤劳为本，这已是她们的品质。她们以一双从未停歇的手，支撑着这个高原所有具体而细微的部分。

这是女人的气味。

——塔吉克人自古以来就实行一夫一妻制，并相沿成习。一般由父母包办，男子十五六岁，女子十三四岁成婚。这种早婚现象现已有所改变。但比较而言，年轻人结婚的年龄仍然偏低，男为十八九岁，女为十六七岁。但青年男女的婚姻都是在自愿的基础上进行的。塔吉克社会生活中，离婚、休妻、离开丈夫都是羞耻的，让孩子沦为孤儿更是不可饶恕的罪行。他们的婚姻生活稳定、平静而又幸福，极少有吵架的现象，更不可能有无家可归的孩子。在帕米尔高原，我从没有见到一个乞丐，从没有见到孤苦的老人。一些贫苦的人总能得到帮助，无儿无女的老人是每个人的老人。

风雪千年，凝为一瞬，他们就这样紧密地相互依存着，世世代代传递着善良的人性。

高原上艰苦的环境和恶劣的生存条件，使婴儿的死亡率较高，因此，他们对于每个生命都给予了百倍的呵护，也保持着异常的警觉。他们很少有赞扬孩子的，这是他们的禁忌，在这一点上，他们与犹太人一样。犹太人认为说了孩子好话，会招来邪恶眼的注意。在塔吉克乡亲家中，你可以赞美他的牛羊，但不要赞美他的孩子，长久地盯着孩子看常会让主人不悦。孩子一出生，他们就把烧煳的杏仁碾成粉末抹在孩子脸上。那张小黑脸看上去跟包公一样。这种禁忌习俗是怎么产生的，他们也说不清楚。其内含的意蕴，也只有到他们那沉淀了几千年的生命体验中去寻找了。

父母对儿女的爱总是不会穷尽，无论儿女有多大年纪，无论哪一位出门或从外面归来，父母总要心爱无比地捧起他们的脸来亲吻。

这是他们亲情的气味。

——牧季是帕米尔最美的时候，河流早已解冻，流淌得美而欢快。高山上的冰雪还在融化，雪线退到了它自己应该待的地方。牧草正绿，长满了它们希望生长的所有地方。牛羊正肥，天空中的蔚蓝更加柔和。分散在四面八方的塔吉克人大多集中在了草原上。所以塔吉克人的婚礼大多选在这个时候举行。

牧季开始时，塔吉克人便骑着骏马，从四面八方赶来，每个人都打扮得很漂亮，而青年男女们的打扮更加精心，这是给他们提供相识的好机会。

在经过以物传情、提亲、定亲等过程后，有情人在结为眷属的前两天，男女双方的主要亲戚就会四处邀请亲朋好友。他们会首先邀请村中一年之内发生过不幸事故（主要是丧事）的家庭，将这些家庭里的人请到家中热情款待，然后将手鼓放到他们面前，请他们擦干悲痛的泪水，为新婚的青年人祝福。手鼓敲响之后，即表示婚礼前的娱乐开始，同时，他们也就告别了那不幸的生活。

叼羊在帕米尔高原更有气势，因很多地方是赤裸的平台，马队呼啸而过之后，顿时烟尘弥漫。漫天烟尘抹去了一切背景，一只只手，狡黠如狼、灵活如蛇，狂舞的手的中心只有一个，那就是那只羊。那是一个民族直接力度表现的绚烂瞬间。而马队那狂风般的意志和山洪般的气势，常常会使人沉浸在征战和史诗的双重震撼和美感之中。

这是他们欢乐的气味。

所以说，帕米尔高原的人们的生存状态是超验主义的。

“塔吉克”一词出自“塔吉”一词，这是一个尊贵的词，是塔吉克语“王冠”之意，引申为“尊贵的民族”。他们肤色浅淡，发头金黄或黑褐，眼睛碧蓝，薄唇高鼻，颧骨柔和，具有典型的欧罗巴人特点。在我国共有三万多塔吉克人，其中有二万多人居住在塔什库尔干，绝大多数以游牧为生，过着非常简朴的生活。马、羊、牛给他们提供了必需的一切：卖它们买（或用它们换）布料（以前是自己纺毛线织布）、食盐、米和面；他们的毡帐是用牲畜毛制成的厚毛毡搭起来的，捆东西的绳子是用牛毛搓成的，帐篷里铺的也是自己用牛羊毛织成的毡毯，搭帐篷用的木条是用牛皮绳捆绑的，取暖做饭烧的是羊粪，骑的是马，驮东西用的是牛或骆驼。他们的主要食物是羊肉，喝的是牛奶和羊奶，酒是自己用青稞或马奶酿制的，装马奶的容器也是用羊皮做的——他们把羊皮的腿和脖子处扎紧，就是一个很好的口袋。冬天，他们穿着羊皮袄御寒。男子成年后，用牛羊作彩礼娶回妻子；女儿成人了，父母给的陪嫁也是牛羊。羊粪能散发热量，他们在羊粪上铺一块布，让孩子躺在上面，用羊粪为孩子取暖。他们用羊骨制造笛子，用羊皮绷制手鼓。他们用石头垒建冬窝子，用牛粪和泥土抹平墙壁。他们用羊来招待客人、祭祀神灵——这里的绵羊是有名的大尾羊，个大如毛驴，臀部极为肥硕，有些羊尾巴上的脂肪达15千克左右。

当然，面对生存的时候，苦便会从大美的景象中凸现出来。这是每个生存者都必须面对的。但这些塔吉克乡亲有可以移动的房屋，游牧生活使他们可以离开他们希望离开的任何“恶劣的邻居”，他们的家和印第安人一样简单。他们大多时候生活在露天里，“草叶之上，没有灰尘”。他们虽安居在大地上，但从没忘记天空；他们呼吸着世界上最纯净的空气。

我珍视这里的气味——牧场的气味；珍存牧场的气味，就是珍存我们吟唱了几千年的牧歌。

在塔合曼草原等待马蹄声响起

世界真安静啊，她一次又一次追忆起他幸福而满足的笑，追忆起他们欢乐的歌唱，追忆起他们相拥着熟睡。她既感到悲伤，又感到幸福。不知什么时候她竟睡熟了。

一对老人相互依靠着坐在草地上，黎明的天光剪出他们亲密的身影。两匹马在不远处闲荡。草原上十分安静。有三两只乌鸦无声地掠过黛色的天空。

世界寂静得好像什么也不会发生。

但他们知道，过不了多久，他们期待中的声音就会出现。

北方干冷的风带着呼啸声从黎明时分的草原掠过。他像孩子似的伸开双臂，任由她帮他把羊皮袄穿上。

他恍然听到了一匹马的嘶鸣声。

他的耳朵已有些聋了，但这时却变得像猎犬一样灵敏。

他出神地看着远方，脸上泛着沉迷和向往的光彩。他不只是能听到那声音，好像还能看到那声音的形状。是暴雨的形状，她记得他给她讲过。她永远不能忘记他描绘他看见马蹄声的情形。

他脸上挂着少年人激动时才会有的潮红，紧紧地握着她的手，激动地说：“啊，古丽，我听见了马蹄声，像黎明时骤然而至的暴雨，猛然间……掠过大地，把沉睡的一切惊醒，并冲刷干净，包括人和大地的梦……”

这样的情形她只在他年轻时见过，他在她眼里一点也没有变老。

“你还是年轻的。”她说。

“我们都还年轻。”他的声音因为激动而略微有些颤抖。

那年，他77岁，她72岁。

16年前，他们随儿子搬到城里居住后，每年秋天都要回一趟草原，来听马群从草原奔过的声音。他们是草原的孩子，他们难以忘记自己的母亲。

儿子生活的城市离草原500里路，要经过三座城市、四处戈壁，换两次车。但他们每年都像赴约似的满怀着深情前往。下了车，向努尔阿吉家借两匹马，带着酥油、馕和奶酒，就迫不及待地打马向草原深处奔去。

上马时，他们的身手还是灵活的。但在城里待了一年，马一旦跑起来，心中不免有些担心，怕自己的老骨头承受不了那种生命的飞奔。那片草原上的人很少有过年老的想法，他们只有活和死两种概念。即使老人，也很少下过马背，很少停止在草原上奔驰。除了有一天，再也上不了马背了，他们才会承认生命的衰老。

一到城里，他们就变得伤感起来，但他们不愿让儿子察觉，所以那伤感就埋在内心深处。是他们在城的喧哗中感受到了生命的存在，那河流因为枯涩，水流凝重而又迟缓。根本看不见生命所激起的浪花，当然，就更难听见那河流流淌时的畅快之声了——只能听见某种低哑的呜咽，甚至很多时候，只能听见水泡破裂时的轻微叹息。

当马奔驰开来，他伏在马背上，“哟——嚯——”地尖啸起来。那时，他会听见生命之河的奔涌。他回头看她时，看到她的身手也已变得敏捷，他看见她和自己一样，脸上有泪水在闪光。

来到草原深处，他们下了马，彼此打量一会对方，然后相拥着，微笑着拭去彼此脸上的泪。

她说：“我们……还行……我原来以为，我连马都上不去了，就是上去后，也坐不稳了，没想还行……”

风把远处狼群的嗥叫声送来，天地间充满了草原的清香。他们孩子似的躺在草地上，大口呼吸着草原母亲的体香。他在陶醉中忍不住唱起了他第一次向她求爱时唱的情歌：

珍珠离海就会失去光芒，
百灵入笼仍为玫瑰歌唱；
痴心的恋人纵使身陷炼狱，
燃烧的心儿依然献给对方……

他的声音已经沙哑，但仍像过去一样饱含深情，让她怀想起过去的时光，心中充满了幸福，一点也不为失去的一切而伤感。她也忍不住唱了起来：

身材矫健的小伙子，

你是我心灵的向往。
你是耐心的小伙子，
双唇上滴着蜜糖。

他们那次去得早了，就在草原上一首接一首地唱着情歌，一首接一首无拘无束地唱着，有时欢笑、有时哭泣，直到最后在毡毯上沉沉睡去。

黎明，马蹄声伴着阵阵嘶鸣，把他惊醒。

他推了推她，激动地说："快听，那声音传过来了，至少有500匹马。"他说完，就把耳朵贴在大地上。

"2000只蹄子，敲打着草原，像2000支鼓槌，敲打着草原这面大鼓，又像是……像是大地的心跳。"他的脸上涌着血，一片赤红，把他的白胡子衬得更加耀眼。

"它们近了，越来越近，我听得见它们喘气的声音，里面有马驹子，有近百匹，还有儿马，在里面不守秩序地乱闯，最前面的一定是一匹黑马，黑得发亮的黑马，紧随它的是一匹白蹄儿的枣红马，有一匹马驹子掉了队，那母马回过头来去照顾它，你听得出来吗？"

"怎么听不出来？它们现在正向左边的河川拐去，正沿着河川像大水一样向远方涌去。以前，我们每年都要到那河川里去。那只马驹子跟上去了，哈哈，小家伙真行呀，它生下来还没满月呢。"

像狂风突然止息，像暴雨猛然歇住，蹄声远去，但天地间早已被强劲的生命力注满。

他的脸还贴着大地。她把他拉起来，用手小心地擦去她脸上的泥土和草屑。

“真主啊，再没有比那声音更充满力量的了……”他站起来，伸了伸胳膊，无比满足地说。

他因为满足而不停地在草地上走来走去，那手足无措的样子，使她忍不住笑了。

他们在温暖的阳光里，呼吸着草原甘甜的气息，再次入睡了，直到烈日当空才醒过来。然后，她拾了一些干草和牛粪，在铝锅里煮好了酥油茶。他们喝着酥油茶，吃了馕，还喝了一点酒，然后才信马由缰地往村里走。他们一路上交流着刚才的感受，直到回到城里。

回城之后，他们不再说什么，把那珍贵的东西藏在心里，慢慢地品味。他们其实也想告诉别人，但没人愿意听，耐着性子听的人，听完后也只会安慰他们似的一笑，露出不可思议的神情。他们心里一定在想，这么大年纪了，跑500千米路，到那样的高原上去听马蹄声，一定是疯了。

他和她自进城后一共回了七次草原。她第七次陪他回时，他已经不行了。他们没有骑马，而是坐儿子租来的汽车。他的确老了，即将走到生命的尽头。他祈求她和儿子送他到草原上来。听不到马蹄声，他无论怎样也落不下最后一口气。

那个夜晚有一点儿凉，儿子去拾了牛粪，要为他烧堆篝火。他制止了儿子，他说那样会惊扰马蹄声。

她和儿子把他的身体侧过去，使他的耳朵能贴近大地。

马蹄声终于传来时，他那已被死亡笼罩的苍白的脸重新有了几丝红晕。他微笑着，嘴里轻轻地说着什么。她把耳朵凑上去，听见他说：“真……主啊，感谢你……和……草原啊……”说完，就闭上了眼睛。

她没有哭，只是握着他的手。她想，他一定是去追随远去的马蹄声了。

“可是，现在我还来这里干什么呢？他不在了，把我一个人孤零零地扔在人世上。我都80岁了，可能是自己老糊涂了。”她下了车后，自言自语地说。

她已不敢让马跑，只任由它走着。这还是努尔阿吉第一次借给她的那匹马。它也已老了许多，像是相互理解似的，它走得非常沉稳。

马每往前走一步，她心中的悲痛也就会多一分。她感到浑身困乏，眼睛里的泪总是难以止住。她知道自己已走不到草原深处，就停下来，把毡子铺好。没有他，她老觉得冷，老是想把衣服裹紧些。

她现在才知道，她原来到这里来，不是为了听那马蹄声，而是为了看他。

世界真安静啊，她一次又一次追忆起他幸福而满足的笑，追忆起他们欢乐的歌唱，追忆起他们相拥着熟睡。她既感到悲伤，又感到幸福。不知什么时候她竟睡熟了。

她梦见她和他各骑着一匹白色的大马在草原上飞奔，直到累得从马背上栽下来。他们一躺到大地上，那熟悉的声音就会惊雷一样从草原深处传过来。

天地间充满了金色的阳光，草原的绿波动着，一浪接一浪地向远方流淌。

她沉迷着，陶醉着，心中掠过丝丝缕缕的忧伤。

当她从大地上抬起头来，她的眼前突然出现了金色的马群，良马神骥，奋蹄扬鬃，引颈长嘶，像金色的旋风从眼前掠过。阳光洒在它们身上。她高兴地呼唤着："神马！神马！真主的使者！"

有一匹马来到了她的面前，它高大骏逸，浑身雪白，它低下头来，用嘴触着她的脸，它温热的鼻息喷在她的脸上。它说话了，是他的声音，他说："你要知道，我会永远陪伴你。"

她兴奋地随那声音站起来，但白马已扬起四蹄，飞跑开去。

阳光有些干硬，日头已升起好高。她沮丧地承认，自己已错过了听马蹄声的时机。她抹了抹额前的白发，然后用头巾把头发包好，烧了酥油茶，吃着馕，把给他敬的酒泼在草地上，然后说："老头子，我错过了听马蹄声的时机，但只要马群还在，我就会有时间再来……"

著名的7号界碑耸立在红其拉甫达坂

不管风雪有多大，那几名战士都要一直守在这里，其孤独可想而知。

红其拉甫达坂是众多达坂的明星，经常出现在各类媒体上，7号界碑更是成了国界的象征，以一种特殊的光辉闪耀在人们的心中。我骑着连队备好的军马，和连队的翻译一起，决心再去那里一趟。

天气晴朗，四周的雪山冰峰肃然而立。从连队到山口共9千米路。山势陡峭，雪山壁立，中巴公路在山谷间蜿蜒向前，路上铺满了冰雪。道路左侧的红其拉甫河也被冻结了。虽然不时有一股寒意萧萧的风从山谷间掠过，但还是改变不了山谷间的寂静。

沿路都是红色的石头，像烧红的铁，十分醒目。我仔细看后，发现石头并非是红的，而是石头上长着一层红色的苔藓类的东西。我想这大概就是把这山谷叫作红其拉甫的原因。在塔吉克语中，它的意思就是“红色山谷”。

在红其拉甫达坂下，有一个道班，还有几间牧民的夏窝子——那是牧民夏天放牧时临时居住的地方，十分低矮简陋，用石头垒成，为了保暖，再在墙里墙外抹上牛粪。平时他们也把拾回的牛粪贴在墙上，等它干后，用来作燃料，所以远远看去，那些夏窝子比土地还要暗淡。

道班的人撤走了，我以为牧民也全都搬走了，不想还有一家人的夏窝子冒着淡蓝色的牛粪烟，那一线烟云在这空空荡荡的山谷里显得更为孤寂。我想去看看这一家人，就来到了那户牧民的夏窝子前。

塔吉克人好礼多客，礼节质朴亲切，无论是谁，都热情接待。主人名叫玛德汗，是个年轻的小伙子，他听到马蹄声，马上迎了出来。他扶我们下马，并接过我手中的马鞭，把马替我拴好，请我们进屋。我们低头进去后，看到漂亮的女主人在烧得通红的牛粪火前坐着，见了我们，连忙铺好褥子，请我们坐下。然后殷勤地在我们身后垫上枕头，以使我们舒服一些。

我们坐好后，玛德汗问候道，胡西阿美的（你感到愉快吗）？

我连忙说，巴里卡纳（十分愉快）！

玛德汗听我这么说，很高兴，请我们躺下，以解除骑马的疲劳。女主人则忙着为我们煮奶茶。

翻译问玛德汗为什么还没有转场。他说他刚得了一个孩子，所以他们还要在这里住上十来天，以感谢这里的草场赐予他们珍贵的礼物。说完，他指了指堆了厚厚牛粪的地方。我们果然看到了一个裹了羊皮、放在干牛粪里的婴儿，她脸蛋红扑扑的，正在酣睡。

对于塔吉克人来说，牛粪是最干净的东西，那是他们的火，是他们的生命。即使不燃烧，也会给人带来温暖，那是孩子天然的保暖器。

我们什么也没有带，只能以汉族人的方式送个红包，以表示祝贺。

玛德汗坚持不收。

我说这是送给孩子的，不是送给他的，孩子太小，他只是代收。

翻译给他翻译了一通，他红着脸，很难为情地收下了。

我们喝了奶茶，就要告辞。玛德汗坚决不答应，一定要留我们吃午饭。他说着就跑出去了，一会儿，他拉进来一头羊。按照他们的风俗，请我过目。我表示满意后，他很快就把一只羊杀好了。他说，他要为我们做清炖羊肉。他当即把羊肉剁成大块，放到盛了清水的锅里，放在牛粪火上煮着。待煮得沸腾后，便用勺子把浮在水面上的沫子清掉。然后就任它煮着，不去管它了。也不加任何调料——清水炖羊肉，真正的清炖羊肉的做法就是这样简单。

羊肉的香味很快就飘散开来，弥漫了整条山谷。

肉煮熟后，玛德汗把它盛在一个大盘子里。他把我当作了最为尊贵的客人，把羊头先呈给我，我接过来，割下一块肉后，再把羊头双手送还他。接着，他又将一块夹着羊尾巴油的羊肝递给我，请我吃下。这时，女主人已给每人盛上一碗浓浓的羊肉汤，汤里放上一点盐，再切上一点洋葱——这就是全部的调料了。这样，羊肉的香味一点没有破坏，反而更加浓郁、鲜美。我吃完夹着羊尾巴油的羊肝，玛德汗拿起一把割肉的刀，刀柄向外，双手递给我，请我接刀分肉。我们蘸着羊肉汤，吃了一会儿羊肉，玛德汗拿出酒来，开始劝我们喝酒。吃着这样鲜美的羊肉喝酒，一般都不会醉，三两酒量的可以喝上半斤，半斤酒量的可以喝上一斤。我们大块吃肉，大碗喝酒，不知不觉中，一头羊已所剩无几，4瓶60多度的昆仑特曲也喝光了，而我们竟然只达到了微醺境地——喝酒的人都知道，那种境地是最美好的。

我不得不承认，那是我在帕米尔吃到的最为鲜美的清炖羊肉，也是我最尽兴的一次豪饮。

吃饱喝足，我们按照伊斯兰教的传统，一起举起双手，向真主祈祷，感谢他赐予我们丰盛可口的食物。然后，我们等着女主人收拾完残羹，取走饭单——如主人没有收拾完这些即站起来，就会被认为是对主人的不尊重——向玛德汗和他的妻子表示了谢意，就告辞了。玛德汗马上将我们的马备好，扶我们上马后，把马鞭交还给我们，互道“胡西布尔（再见）”，然后目送我们前行。

也就是从这里开始，公路开始盘旋而上，盘了好几个大弯，眼看着对面的雪山越来越矮，我们看见了路边一栋二层的小楼，看见了楼顶上飘扬的国旗，那就是红其拉甫前哨班。不管风雪有多大，那几名战士都要一直守在这里，其孤独可想而知。

前面就是国界，也是中巴公路的终点。这里距喀什419千米，据巴基斯坦北部重镇吉尔吉特256千米。海拔4720米。著名的7号界碑耸立在国境线上，简陋的国门紧挨着界碑立在中方一侧。那天刚好有中巴双方的游客赶在封山之前来此旅游，大家相互问候、握手、拥抱、合影留念，像早就认识的老朋友，显得十分亲热。有些懂英语的游客还和他们聊起了天。我是真正地体验到了何为友好，在此时，一个国家的人民和另一个国家的人民的心灵是相通的，没有一丝阴影，也没有任何隔阂，国界在此时显得并不重要了，它只是人们需要遵守的一个习惯。

山口更加寒冷。一位巴基斯坦游客友好地把他的披风给我披上，我披着它，觉得一下暖和多了，我俨然成了巴基斯坦人，同行者赶快以巴基斯坦一座秀美的雪山为背景，给我拍了一张照片。

在山口逗留了一个多时辰，天上开始飘雪，开始还零零星星的，像在点缀我们的兴致，但过了一会儿，就风狂雪急起来。我们赶紧往连队返。

瓦罕古道是古丝绸之路必经之地

这条丝绸之路上的古道，留下过玄奘和马可·波罗的行迹，现在只能见到边防战士的身影。

出新疆喀什地区的红其拉甫，即可看到一座直插青天的彩色石山。那座山的名字就叫作卡拉秋库尔。卡拉秋库尔河与红其拉甫河在山下相会，形成塔什库尔干河。

从河边的简易公路拐上去，两列大山就迎面扑来，成“儿”字状向南北方向逶迤而去，又像一只巨大的喇叭，正对着你使劲地吹，把寒意凛冽的山风像刀子一样迎面抛向你。而山势也异常的险峻，使你的神经骤然紧张。路边立着一个简陋的牌子，上面赫然写着“瓦罕通道”4个字。

瓦罕原指帕米尔南部地区，是古丝绸之路的必经之地。

我们很快就进入一条狭窄的峡谷中。两边都是高耸的雪山，雪线下是黑色的镶岩。峡谷口的卡拉秋库尔河在两山之间梦一样缓缓地流淌着，愈往里走，河水流得越急，像是要逃避自己被完全冻结的命运，又像是在逃避着即将到来的漫漫长冬。沿河偶尔会闪出一小片金黄色的草滩。草滩上可以看到牧民白色的毡帐和毡帐上蓝色的炊烟，人都在帐篷里缩着，只有马在河边匆匆地吃草，羊则在雪线下的石坡上游动，像贴在那里的剪纸作品。远远望去，根本看不见石坡上的草，那些羊好像在以石头为食。

瓦罕古道是一条重要的战略通道。我们行走的这段狭长的地带属于中国，其北接塔吉克斯坦，西抵阿富汗，南邻巴基斯坦。在这里，任何一国的驴子一叫，别的国家都可以听见，因此又有“驴鸣四国”之说。由此一直向西，可以经阿富汗瓦罕走廊，抵达阿姆河流域的土兰平原，由明铁盖山口向南，即进入巴基斯坦，这条路被称为丝绸之路南道；向北翻越卡拉秋库尔山，可进入塔吉克斯坦。

我们一直都在大山中行进。道路越来越窄，人踪越来越少，雪线越来越低，海拔越来越高，高山反应越来越厉害。过了明铁盖，又过了托克曼苏，河流完全封冻了，就在那个地方，天地豁然开朗起来。我们看到了一片沉睡的草滩，然后看见了一座营房。这里就是克克吐鲁克了。

已没人知道克克吐鲁克的真实含义，为此，我们问过部队的民族军官、克克吐鲁克边防连的翻译、当地的牧民，但都没有一个一致的说法。

它以几个美好动听的音节代表了一方山水，它也许真像这一方山水一样难以说清。

这里的戍边战士将它翻译成“鲜花盛开的地方”。

其实，这里除了荒凉，还是荒凉，既无花，也无草，小小的营院镶嵌在褐色的岩石和冰冷的雪山中，像被人遗忘了几千年。也许正是因为这里的荒凉和孤寂，士兵们才给了它那么诗意的名字。虽然鲜花只能开在他们的梦里，只能开放在那向往和想象的土地上，但那份幸福却使他们内心得到了安慰。

这里海拔4500多米，但高山反应却十分厉害，人们给了它另外一个称号——“一号监狱”，所以一般很少有人在此留宿。

我上过昆仑，去过阿里，自然不信邪的，就决定在此住下。不想当晚难受死了，胸闷气喘不说，还头痛欲裂，就是吸氧，作用也不大。一夜没有休息，次日我半开玩笑地说，可能因为这里已是国土的最西端，所以氧气才会这么少。

即使如此，我们还是准备到科西拜勒去，那里距连队19千米，邻近边境，是真正的天边边。

吃过早饭，连队已备好了军马。马是健壮骏逸的伊犁马，也叫乌孙马，曾被汉武帝誉名“天马”——“天马来兮从西极”。现在它们从“西极”来到了更“西极”。虽然被进步了的时代罢黜到了这荒凉的边地，但并没有失去“天马”的尊严和品质，并没有失去其祖先遗传给它的高贵血统。

因为睡眠不足和高山反应，我的脑袋显得十分沉重，像是用铁坯浇铸的。但一跨上马背，它又清醒了；当马在冰山雪岭之间奔驰开后，它就彻底清醒了。

山风在耳边呜呜地鸣叫。直到到了半山腰，马才放慢步子。雪有一尺多深，马道完全看不见了，马越走越吃力。前面13千米路，马一个多小时就跑完了，而那6千米山路，我们却整整走了5个小时。快到山顶时，马突然激动起来，引颈长嘶，挣脱缰绳，然后跌跌撞撞地向山上飞奔而去。它们的嘶鸣声引出了几名战士。我们才知道科西拜勒终于到了。

前哨班建在雪山间一座突兀而起的石山上，很有些一夫当关、万夫莫开的气势。石山顶被工事环绕着，战士们住在简陋的铁皮房子里，一共三间。因为很少见到生人，他们都低着头，不太敢说话。我仔细看后，发现他们都把头发和眉毛剃了，问其原因，他们告诉我，说待在那里老掉头发眉毛，掉得人害怕，所以索性就把它们全剃了，这样即使还掉也看不见。

我们在这里和他们一起吃了一顿"揪面片"，举行了一个小小的联欢会，我至今还记得他们合唱的、由他们自己作词作曲的《前哨班班歌》：

钢枪挑明月，
寒星照征衣。
雪山常为伴，
冰峰两相依……

我们谁也不忍心离开这里，都希望能再陪陪他们。但我们都不可能做到，我们只好很残酷地向他们告别。他们则一直目送着我们，直到峰回路转，彼此再也看不见。

从科西拜勒下来，我们看看还有两个小时天才黑，怕今天晚上再遭高山反应的折磨，不敢再在此停留，就直接赶往明铁盖。赶到明铁盖已是晚上12点多，天地一片漆黑，什么也看不见，大家在明铁盖边防连简单地吃了点东西，就急急忙忙地睡觉了。次日早上醒来，才看清连队的背后是高耸的雪山，雪山下是早年修建的高耸的哨楼和碉堡。营门上有一幅红色的、十分醒目的对联：

古道倚长剑

边关扫西风

明铁盖是古丝绸之路上一个极为重要的山口。对那时的中国商贾来说，走到这里，向西，可以望见巴克特里亚，甚至可以感觉到印度、伊朗、埃及的气息；向东，即是故国家园。无论是去，是回，停留在此地的人，都会掬泪长哭。

它是他们万里长路中一个永恒的希望之点。

这里曾留下无数商贾、旅行家、僧侣、国家使节的足迹，也留下了不少动人的传说。明铁盖在塔吉克语中意为“一千峰骆驼”。

关于一千峰骆驼的传说有两个说法：

第一个说法是，古时候，一名富甲天下的波斯商人，带着仆人，赶着一千峰驮着金银财宝的骆驼走到这里，忽然听说前方发生了战乱，他就决定停下来，等战乱过去。3个月过去了，天气一天天变冷。风雪来临，那富商和他的仆人以及那一千峰骆驼都冻死了。那些金银财宝也不知去向。

还有一个说法是，一千多年前，吐蕃占领了唐朝属国小勃律，高仙芝奉旨远征，他率一万军队从长安出发后，翻越丛岭，神兵天降。大败吐蕃。但他的一支负责押送财宝的部队在返回时却神秘地失踪了。这支唐军来到明铁盖，突然连降大雪，陷入了绝境。他们怕财宝丢失，找到了一个离地面近400米高的山洞，想把金银财宝藏进去。那山洞在一个十分陡峭的绝壁上，为了上去，他们把骆驼杀了，把肉切成块，冻结在石壁上，搭了一架肉梯。顺着这架肉梯，他们把财宝运进了山洞。那些士兵，也都饿死在了山洞里。来年天气变暖时，那肉梯也就垮掉了，再也没人能够上去。据说后来还有一个吉尔吉斯的丝绸商人路过这里时，捡到过一个装满珍宝的匣子。在山口处，还真有一个波斯人的古墓。1997年，边防连在这里修巡逻路时，还挖出了一具干尸。干尸头朝东，脚朝西，像是在行进时突然倒毙而死的。

这一带的珍贵野生动物——帕米尔大头羊是马可·波罗经过这里时发现的，他把这一发现写入了《马可·波罗游记》中，所以国际野生动物组织又将其命名为“马可·波罗羊”。国际狩猎组织经我国政府允许，也曾来此捕猎这种羊作标本。自海路开通以后，明铁盖就渐渐失去了它昔日的繁荣，除了一些传说、一些散落的白骨、一处波斯人的“拱拜孜”，丝路的踪影已很难寻觅了。

当然，一代代戍边士兵的踪迹在这里还可以找到。清朝时，这里是甘肃营和陕西营换防地。兵士从800里秦川或河西走廊出发，走到这里至少要3个月，他们守完一年后再走回去，很多人死在了路上，永远回不了故乡。国民党军队也曾在此驻防，当时是一个排的兵力。营房建在距现在明铁盖边防连11千米处。

明铁盖边防连在明铁盖山口七千米的罗布盖孜设有一个季节性前哨班，我们从前哨班驱车前往，直达山口。这里的海拔是4700米，四面都是高耸的冰山，对面山上一群黄羊在冰雪间飞奔，转眼便没了踪影。两山之间有一条溪流，但早已封冻。

前面的山道细若羊肠，只有步行才能通过。《大唐西域记》说：“自此川中东南，登山履险，路无人里，唯多冰雪。”我们上去时，天晴得很好，站在山口，我恍然看到了他们——法显、宋云、玄奘和马可·波罗的身影。他们步履蹒跚，满脸风尘，浑身倦意。但他们的脚步都无不坚定执着，稳健有力。他们用本身的光辉告诉我，人生如旅，虽然脚下的道路难以预知，虽然终极目标谁也不能摆脱，但我们还得走下去。只有不停地走，生命才会获得超升，自己也才会找到归宿。

第四章

双脚跋涉在世界屋脊的屋脊：喀喇昆仑

高山反应使我头痛欲裂，怎么也睡不着，只好坐着。我隐隐有些恐惧了，坚韧的生命像玉一样摆在一个摇晃的桌面上，一旦离开桌面，轻轻一摔，就会碎去。我不知该如何应付这一切，只好去看一束从窗外漏进来的月光，看它怎样缓缓移动。但即使这样，仍然掩盖不住心中涌动的悲壮。

是啊，我毕竟已到达了我从没梦想过到达的地方——喀喇昆仑山脉的腹地。

上路者已没有故乡

我知道，我除了向前走去，已别无选择。

每个地方都有每个地方的气味。对于我而言，有时候，与其说是凭地理方位分辨一个地方，不如说是凭气味把某个地方同其他地方分别开来。

我以此分辨出哪些地方值得留驻——即使这里无比简陋，没有可以欣赏的风景，但这里也会出乎意料地给我另外的东西，比如遇到一个有意思的人，一件有意思的事，给我一个从没想到会做的梦……

叶城泥土的腥味似乎永远不可能消退，这是乌鲁木齐到和田的公路穿城而过造成的。来来往往的车辆呼啸而过，不但把长路上带来的尘土抖落在这里，还把那些已经落定的尘埃卷起来，加之这里本来干燥，灰尘本来就多，这座城市就只有常年被尘土笼罩着，成为一座尘土中的城市。尘土的腥味也就成了这座城市的气味。

因了这尘土的气息，这城市在我的感觉中，更像一个徒步而行的旅者，已走了很长很长的路，又渴又累，疲惫极了，风尘仆仆地在这里停了下来，准备喘一口气后，继续前行。这里的一切都是模糊的，显得不确定——房屋、街道、树、摊点都像临时拼凑起来的。所以叶城给我的是一种随时要上路的感觉。

叶城有些过于简朴了，比一顶便于驮走的游牧人的帐篷还要简朴。

这使我感到更加亲切。相对于高原来讲，这里的尘土代表的是人间，是尘世。

闻着叶城尘土的气息，我可以更清晰地想起藏北高原、喀喇昆仑山和帕米尔高原。那种令人敬畏的高度，那些高悬于云彩之上的地方，那些人神共居、人神相通之地所给予我的神圣而崇高的震撼，使我不知道该以何种方式去仰望那一切。

我把前往世界屋脊之路称为“天路”，其实，这一点也不夸张。更准确地说，我要去的地方是“世界屋脊的屋脊”。喀喇昆仑、昆仑、冈底斯、喜马拉雅等巨大山脉纵横于我们居住的这个星球之上，成为人类需要永远仰望的高度。这一地区自古以来的封闭和前往那里的路途的遥远艰险，又使其成了中国乃至整个世界最为神秘的地区之一。

上路的那天早晨，叶城的天空点缀着薄薄的橘黄，显得十分宁静。空气中烤羊肉和孜然的味道还没有散尽，人们还沉睡在这种迷人的气息里，确切地说，那时还是新疆的黎明。

但澄明的天地之间，一切都显得格外清晰。

小城的这一天，从我们和另外几个早起的维吾尔男人的莫合烟味中开始了。毛驴开始高唱自己的情歌，鸡和狗也大声应和，一起抒情地歌唱着这个早晨。小城像一架大床，响起了人们翻身的声音。人们陆陆续续被唤醒了。

山影明晰起来，褐色的一片。没有见到朝阳，但高处的山峰却被照亮了，一片瑰丽，像悬浮在尘世之上的圣景。

白杨的叶子在晨风里沙沙响着，偶尔飘飞下一枚金色的叶片，像大自然写给我们的书信。我拾起几枚来，带在身上。

对我而言，叶城只是我的又一个出发地。而“零千米”的里程碑，则只是前往阿里的起点。

“零”，在此时既是开始，也是结束；既是出发，也是回归。

当越野车近乎仪式地缓缓跨过那个路标时，我感到自己进入了一个陌生的世界。

一切，都只有靠那高原无处不在的神灵引导了。

单车走昆仑、阿里，任何人都会感到畏惧。那毕竟不只是一座悬于高空、神奇诡异的高原，还是一片沉雄辽阔的梦境，几千年来，没人能够惊醒它。

早已有人试过，在那里，仅有勇敢和万丈雄心是不够的。勇敢在它面前会显得幼稚和鲁莽；因为它本身就是一种无可比拟的高度，所以万丈雄心在它面前也会显得矮小。

在那里，你首先得学会敬畏自然。

遍布于昆仑、阿里的积雪覆盖的群山、飓风横扫的荒原、奔腾汹涌的河流、险恶卓绝的山谷和高耸云天的达坂的妖魔鬼怪，虽然来自人类的信仰，但它们以信仰的方式存在于天地之中，传播于时空之间。它们告诉我们，凭我们弱小的肉体是无法不对其充满敬畏的。

我宁愿相信那是一个看得见，却不甚清晰的世界；或是一个超越宇宙现实的纯净领域，只有满怀虔诚之心，用信仰者的眼光才能看得分明；只有用静穆、庄重的准则和繁复的宗教仪式才能控制；只有将自己的身心融入其中，成为其虔诚的一部分才能理解。

我们前往的是神的领域，圣者的住所。神圣之域，那不仅是地理上的，更是信仰上的。

路旁，一辆蒙满尘土的吉普车旁，两名青年人点着香火白烛，摆着祭品，正朝昆仑磕头致敬，其虔诚的神情让人顿时肃然。他们的脸上闪烁着泪光，那是感恩之泪。他们感谢神的帮助，使他们平安地从天上降回到了人间。

我忍不住回头望了一眼叶城，心中顿时涌起一股留恋之情。我觉得自己不是走在新藏线上，而是站在易水之滨，到处一片肃杀苍凉的景象。铅云满天，黄叶遍地。可转念一想，这景象正适宜壮士出行。恍然觉得自己正是一白袍飘然、利刃在握的壮士，正要去刺杀这凌驾天下、目空一切的山的暴君。

田野和村庄一掠而过，已有维吾尔族农民从村庄里坐着毛驴车出来，悠闲地到地里去收获。一位骑着红马的牧羊人赶着一团灰白的羊，吹着口哨，正往山里去。一只不知名的鸟穿过刚刚逝去的夜晚，乘着清爽的晨风，朝我的身后飞去。

我知道，我除了向前走去，已别无选择。因为，车辆驰过“零千米”里程碑的时候，我就已经上路了。

上路者已没有故乡——哪怕这故乡仅仅是象征性的。

在库地达坂，叩开昆仑之门

就是这道达坂，使许多欲进入昆仑的人，一腔豪情而来，到此后就骇然止步，不敢再往前行。

一座座大山从车窗外冒出来，然后越来越高，直上云霄，只觉得头顶飕飕发冷，头皮一阵阵发紧。

过了八十里兰干，人烟渐渐稀少，又行50千米，到了普沙。普沙是进入昆仑山前的最后一个村庄。在大山的怀抱里，这个小村庄像一粒尘沙，随时有可能被一阵风刮得无影无踪。

阿卡子达坂是进入昆仑的第一道门槛，全长22千米，路面狭窄，地势险要，经常塌方，峰回路转，形若盲肠。

心惊胆战地翻过阿卡子，无边的荒凉就像大海中的恶浪滚滚而来。褐色的山峰从狭窄得只能容下一辆车通过的道路两旁拔地而起，直插青天。四周顿时阴暗，寒意逼人的山风在沟谷间冲撞着，发出困兽般的厉声嗥叫，震荡得岩石不停地从山上滚落下来。

车已扎入莽莽昆仑之中。我猛然意识到了我们的无助，原来从没有感受过的巨大的自然的力量，把我们推到了孤独的境地。一块岩石、几丛杂草、一星尘埃也似乎比我们强大十倍、百倍。

这种力量让我们静默，不敢言语。

我们听不见大自然的任何声响。所以，当我们看见公路边那一绺溪水时，心情格外激动，是它告诉我们这大山还有生命，是它在安慰着我们惶恐的心。潺潺流动的小溪，闪耀着银色的水珠和白色浪花。小溪对这些高山巨岭毫不畏惧，虽然同样孤独，却一直在快乐、自由地歌唱。

没有树，连一片成形的草甸也难以见到，除了高处的冰雪，这是一个由枯槁的山石组成的死寂的王国。

在从阿卡子达坂到库地达坂的6个小时的行程中，我们没有看见一个人，没有看见一辆车，甚至连一匹马、一头驴也没有看见。我们只感觉到了某种气势非凡的东西正向我们逼来，压迫着我们，使我们呼吸困难。

当我看见那道隐伏于云雾和残雪之间的白线时，库地达坂到了。

库地达坂，昆仑之门户。

我们停下车来，仰望着那巨大的岩石、陡峭的悬崖、直上青云的冰峰雪岭、游丝一样蜿蜒缠绕的公路和云雾缭绕的达坂顶，突然间有一种不寒而栗的感觉。

我们都是第一次走这条路，心里没有底。这条路传递给我的信息似乎是：在这条路上一定要静默，要少说话，目光也不要乱看，要像一个循规蹈矩的清教徒，要把这条路看成自己必须皈依的神。我就像个第一次贸然闯入某个神圣殿堂中的顽童，感到了从未有过的威严。

新藏公路起自叶城，至普兰结束，全长1420多千米，全线平均海拔4200米，是世界海拔最高、路况最差的公路。全线要翻越十几多架达坂，最高的界山达坂海拔6300多米。这条公路路窄、坡陡、弯急，夏有水毁塌方，冬有积雪冰坎，许多达坂一夜积雪可厚达两米。据不完全统计，自1958年通车以来，已有2000多辆汽车摔烂在这条路上，将这条路称为“天路”，的确是一个再恰当不过的称谓。

我们的车以10千米的时速缓缓行驶，像一个风烛残年的老人被迫攀一根垂直而下的命运的绳子。我们不往路边看，因为路的宽度刚够搁下车辆。我不安地看着司机——他无疑是我们生命的主宰。他紧紧地抓着方向盘，脸黑着，不时骂一句“我×”！

就是这道达坂，使许多欲进入昆仑的人，一腔豪情而来，到此后就骇然止步，不敢再往前行。

终于来到云雾与白雪交融的达坂顶上。在这里，我生平第一次领悟了何为高度——那是一种眩晕，是一种被现实和理想同时击中脑门的带着双重痛苦的眩晕；同时，还有些酒后沉醉的飘飘然，觉得身后长着一对翅膀，只要展开，即可飞去。

脚下是壁立的危崖，岩石突兀，峭壁千仞，鹰翔于脚下，云浮于车旁，伸手可摸蓝天，低头不见谷底。太阳突然变胖了，显得硕大虚浮，没有一点真实的感觉。

高处的风带着凛冽的寒意浩浩而来，雪如此圣洁，以致让人觉得它的光芒就是神的光芒。阳光没有一点暖意，但把对面的山岩照耀得格外清晰，几乎可以看见岩石的纹路。更远的苍茫峰岭则笼罩在一片混沌之中，看不分明，好像神有意要将其掩盖起来。

寒冷使我们不愿久留，但看看下达坂的路，我们又有些绝望。公路是在壁立的危崖峭壁之间硬凿出来的，稍有震动，流沙碎石便哗哗而下。路是一个巨大的“之”字，像一柄巨剑，野蛮地刺向远处，又横蛮地劈回来。窄而倾斜的路面，稍有疏忽，就有可能车毁人亡。

路边的护栏像神灵伸出的手臂，要护住我们，却又力不从心。

这时，我们却遇到了一个小小的驼队。一个维吾尔汉子赶着五峰骆驼，向我们迎面走来。他让我想起了斯文赫定——似乎说到中亚这块大地，就不得不提起他。其实，他只是无数个在这条道路上走过的勇敢者之一。唯一不同的是，他记叙并告诉了我们他的历程，别人却没有这么做。他是为着功利，其他人则仅仅是为了生计。两种不同的追求，导致了前者踩着后者的足迹而留名于世，后者却如泥土一般，默默无闻。

他们其实一样伟大。赶驼人一步一步地走着，细细地品味着旅程的长度，感受着每走一步所要付出的艰辛。

驼铃悠悠。在这空旷的天地间，在这高山巨壑里，驼铃显得悠远而清脆，像是从某个古老的时空里传过来的。这一回响了几千年的特殊旋律，曾长伴着旅人商贾，走在古老的丝绸之路上。而现在，我没想到还有这样的一个驼队，像远古的一个遗梦，悠悠地在这险途上缓缓地飘动，有些恍惚，却又格外真实。

那汉子40多岁的样子，留着浓黑的胡须，裹着毛朝里、皮朝外的羊皮大衣，手袖着，跟着骆驼，步履沉稳地往前走着。

可能是常年在这高海拔地区生活，他已习惯在这缺氧的环境中行走。他面不改色气不喘，令我们不得不惊叹人类适应环境的能力。

下了达坂，我们每个人的手心里都是汗，再回望刚才走过的路，更觉得害怕。看上去，路如琴弦，似乎一拨动，就会“铮”然断去。

库地是个很小的村庄，夹在两列高耸入云的铁青色大山的最底部。

村庄里约有七八户牧民、十来家饭馆、一个兵站和一所由兵站官兵集资修建的小学。兵站最为气派，是砖木建筑，其他房屋都是土坯房，像一些土坷垃一样，随便摆在路的一侧。一条浑浊的小河沉郁地从村边流过，把大山的寂寥带到不可知的远方。数十棵白杨和高原柳挺出一片绿荫，顽强地与无边的荒凉抗争。

这里居住的牧民不知道是什么时候搬进来的，男人们赶着羊群到无边的大山的褶皱里放牧去了，家里只留下了老人、妇女和孩子。他们守着简陋的家，打发这与大山一样枯燥的日子，等待着男人在某一天下午或黄昏，带着大山的风尘和高原的日头，骑着一匹老马或一头毛驴，疲惫地归来。那时他们会献上所有的爱、温暖和关怀。

新疆的天黑得很晚，昆仑山的白天也显得格外漫长，黄昏就一直绵延着，以便让我们尽可能地发现这个小村庄的秘密。

我们就这样漫散地转着。村里的人们或倚着土墙站着说一些古老的话题；或坐在地上一边捻着羊毛线，一边想着已不知想了多少遍的心事；不时有一条狗、三两只羊、一头毛驴点缀在土坯房和牧人之间。

我进到一户人家，房子低矮得不能抬起头来。几乎没有什么家具，唯一的财富就是那老人的年龄。她坐在那随便用石头垒起来的土炕上，从屋顶上的天窗漏进来的天光刚好笼罩着她。破旧的衣服裹着她显得很瘦小的苍老之躯。开始时我没有看清她的面容，以为是个孩子；待看清了，又以为是个魂魄，吓得我赶紧退出来了。

有人说这位老人已有120多岁，问她自己，她有时说70多岁，有时说90多岁，有时还说140多岁，有一次她又说自己才50岁。村里的人都认为她在90到100岁之间。她没儿没女，丈夫已去世很多年了。她晚年的生活主要靠乡亲和兵站接济。

老人从屋里走出来，倚在门上，用慈祥的目光看着我，脸上的每一道皱纹里都充满了笑意。我看清了她花白的头发，红黑的脸膛。她站起来后，不再像孩子那么瘦小，显得高大了许多。看上去，她似乎比喀喇昆仑山脉还要苍老，好像她就是这山脉的灵魂。

她说她的祖父、她的父亲、她的男人都生在这里、死在这里。她也出生在这里、也会埋葬在这里。她一生从没有离开过这个地方，她去的最远的地方是离这里要骑7天毛驴的一道山谷。那山谷里有一眼泉水，那泉水浇灌出一片不错的草场，她和丈夫每年都要赶着羊群到那里度过两三个月美好的时光。

对她而言，的确可说是“不知有汉，无论魏晋”。这片方圆百里的枯槁大山就是她的整个世界。

在麻扎达坂看那行走的群山

这些永生永世的雪，黑褐色的岩石，偶尔一小丛珍贵的无名小草——仅这三种事物包就含着了降生、死亡和抗争……

赛力亚克达坂也叫麻扎达坂，“麻扎”之意为“坟”，这名字听起来就让人不寒而栗。

麻扎是名副其实的行路人的坟墓。在道路没有整修、白骨没被掩埋之际，这架达坂一片森然。麻扎达坂与库地达坂挨得如此之近，似乎就是要一比险恶。麻扎无疑更胜一筹。

下谷底的20多千米路依然很差，几乎与昨天一样，花掉了我们近5个小时的时间。车到雪线，上达坂的路才走了一半，时间却已是中午了。

除了阳光和高处的雪，除了那位老人，半天行程中，我们没有看见任何活的东西。

老人裹着一件油黑发亮的老羊皮袄，骑着一头毛色灰暗、面无表情、疲惫不堪的老驴。他是个赶路人，谁也不知道他骑着这毛驴走了多少天。他浑身裹着路上的风尘和喀喇昆仑冰雪的寒意。他的头发已许久没有理过，白发飘萧，银须凌乱，面容黝黑。见了我们的汽车，他勒住毛驴，立在路边。他又老又长的双腿几乎触着路面。他面带微笑，用赶驴的棍子向我们致意。我们也向他鸣笛、挥手。我们不知道他从哪里来，也不知道他要到哪里去。与他错过后，我们停住车，有些怅然地目送他一颠一摇地慢慢远去。

路随山势，如羊肠般缠绕，直到海拔5080米的达坂顶部。

一过雪线，呼吸就变得浊重，高山缺氧明目张胆地袭击了我们。这个无形的对手除了氧气，谁也拿它没有办法。它无处不在，任何一个地方都有它抡着钝斧的手。它一斧又一斧，准确地、狠狠地砍在你的头上，让你顿时脸色苍白、嘴唇发乌、双眼晦涩、头痛欲裂、胸闷气短、阵阵恶心、呕吐、肠胃痉挛，其苦难言。

这就是高山反应。对于身体虚弱或心脏不好的人，它就是死神，可以随时置你于死地。

一位常年走新藏线的上尉告诉我，1986年12月，一支13人的巡线分队突遇暴风雪，最后冻伤7人，冻死1人。在料理那名被冻死的士兵的遗体时，遗体蜷曲着，怎么也弄不直，最后只好用炉子烘烤。20世纪90年代初，黑卡达坂上腾空而起的泥石流一下子就把一个正在行驶的车队埋没了。1986年，一名翻车身亡的士兵的遗体从三十里营房运往叶城途中，又两次翻车，使不幸的亡灵再次遭受磨难，难得安宁……

天路的险要让人感到生命的渺小和卑微。

是什么让我们奔波于危途？我突然产生了这样的疑问。是爱，是仁慈？有一些，但更多的是欲求，是野心，是因为无知所表现出来的莽撞。

此时此刻，我有一种特殊的感受：就像已分手多年的爱人，你在某段短暂的时光——神以全部的仁慈只能赐予的那点时光，突然感到你仍然爱着。此时，你欲哭无泪，你的心一阵阵绞痛，心灵脆弱如冰，不能趋向温暖，也不能承受打压，只能在寒意中寂然不动。

17岁从大巴山走出来时，我决计抛弃自己的故乡。新的故乡在路上，在不能停止的寻找之中。怀抱着这偌大的梦想，以致我对每一缕扑面而来的气息都感到惶然。如今，我已习惯。但我总愿意盯着道路的两边，在行进中去发现和感受。

我又产生了年少时对面临的世界一无所知时所产生的惶然。

这些永生永世的雪，黑褐色的岩石，偶尔一小丛珍贵的无名小草——仅这三种事物包就含着了降生、死亡和抗争……

我不知何时昏然睡去。旅途中，除了夜晚，睡去是可耻的，而我却在羞耻中睡去了。

我梦见了这庞大的山脉大步向前走着，发出咚咚巨响，大地震颤，地球发抖，宇宙骇然，我和一群群人因为恐惧而奔逃、而大声呼叫。

醒过来后，我仍心有余悸，不能不以敬畏之心仔细打量路途的每一座峰峦，每一块岩石。

这些带着愤怒的表情，屹立在中亚心脏地区世界最高的山峰，气势磅礴，蜿蜒逶迤。它们惊人的高度足以使任何旅人惊叹不已。维多利亚时代的旅行家将这里称为“世界屋脊”，“世界屋脊”从此就成了这里的别名。它横空出世的雄姿，千百年来与世隔绝的状态，流传广远的神话传说，使其显得更为幽秘，也更加令人神往，以至被传说为神居之地。

大概很少有一个地区能像这里这样成为世界的秘密心脏，再也没有这样的神秘能引起人类的种种猜想。这里更属于想象之境，只要沿着神圣而又纯净的方向，你的任何想象都可能是对这里的独特的显现。在一个已经昭然若揭的、不存在多少秘密的世界上，这里所具有的一切看上去都是那样的神秘。

对于一个笼罩了神秘和虚幻之光的实在之境，一些人视自己的抵达为人生莫大的荣誉。这片高原和这片高原上的人，也以他们宽厚的胸怀拥抱那些探寻者。但当英国和俄国力图把他们的帝国扩展到西藏时，这里的人为了自己的宗教、生活方式和采金地对所有的人关闭了大门。

但还是有各种各样怀着不同目的人闯了进来，他们中有秘密间谍和士兵，探险家和传教士，秘术士和登山者。有些幸运者返回了，带回了为他们的帝国绘制的地图，有些讲述了一些令人称奇的故事；有些人却永不能返回，他们的尸体或埋葬在荒凉的高原，或留在了冰山雪岭的陡坡，或被沉到了奔腾汹涌的河流……

幸运地，也是真正穿越喀喇昆仑，进入西藏的是斯文·赫定，他于1896年7月、1901年3月、1905年8月3次从这里穿过。一次他走了55天才见到人，另一次走了84天才见到淡蓝色的炊烟。英国探险家奥里尔·斯坦因在翻越海拔5568米的喀喇昆仑山口时，冻坏了双脚，右脚中间的两个指头全部切除，其余3个指头也从前面的关节处切除了。

昆仑对任何人都是毫不留情的。

车停下来。我摇摇晃晃地回首达坂顶，达坂显得缥缈虚无，像是并不存在似的。只有当年筑路部队用石头在山坡上摆出来的毛泽东的头像和他的诗句“无限风光在险峰”显得格外分明。

有人说，麻扎的山岩是不能盯视的，盯视它，你会觉得山在运动，在以一种魔力向你逼近，令你头昏目眩，猛然倒地。我起初不信，试后果然如此，突然觉得那山中隐匿着的无数的精灵，正对我施展魔法，使我觉得刚才的梦境是真实的。这些奔跑的群山一定是累了，正在喘息。其实，这只是因为我刚在达坂上承受了高山反应之苦而出现的幻觉。

麻扎达坂下是麻扎兵站，由此可通往塔吐鲁沟沟口，那是通向克什米尔的一条通道。很少有人愿在麻扎兵站停留，原因是这里高山反应太厉害。人们一般是住库地兵站，要么就赶到三十里营房，所以麻扎兵站显得尤其清冷。

路口却有两家“帐篷饭馆”，是两对夫妻所开，一对是甘肃人，一对是叶城的汉人，均30岁上下。他们主要经营面食：拉面、炒面、刀削面；也有炒菜，还有烟酒。开始我们大为惊讶，在哪里开饭馆不行，为啥要在这样的地方来开呢？

主人回答得非常机智：“在哪里都可以开饭馆，为啥在这样的地方就不能开呢？”

此时，我已不得不想到使用“百姓”这个词——唉，还有比中国百姓更能容忍、更加坚韧的人吗？

这是我后来听到的一个故事，我把它写在这里。说是一对四川夫妇，丢下家到阿里找活路。他们搭便车走到了奇台达坂，妻子因高山反应，倒地死了。男人抱着妻子，欲哭无泪地返回了红柳滩，不知该继续前行还是返回故乡。他抱着妻子过了一夜，决计还是往阿里去。他把妻子埋在达坂顶上，往前走了。在阿里待了一年半，他揣着挣得不多、但自己十分满意的一笔钱返回故乡。到了奇台达坂，他刨出妻子的骨头，背着回乡了。

这个故事给我的印象十分深，每每想起昆仑、想起阿里，我都会想起一个背着妻子的骨头走在天路上的男人的背影。我的双眼就会潮湿，我从没那么深刻地认识过平凡人的伟大。

正是这些平凡而伟大的人，使我在麻扎留意了路旁的一棵小草。小草是从一块褐色的石头下长出来的，四周是大片大片的石头，石头周围本来毫无生机，却因为这棵小草而显得生机勃勃。

小草生长着。小草承受着阳光，但一点也不卑微；小草承受着风雪，但一点也不畏惧；小草承受着不幸，但一点也不悲观。小草顽强地挺立在那里，寻找一切生存下去的机会。

小草只有3枚叶子，一枚长约3寸，一枚2寸许，另1枚尚不足1寸，像刚长出来不久，但已和另两枚一样金黄。风拂动着叶子，也拂着叶子上的阳光，拂动着炫目的金黄。风不时地把小草按倒在地，小草总是一次次挺立起来。

不知这粒种子是风从何地、在何时带到这里来的，不知它在这里待了多久，也不知它是抱着怎样执着的信念，才终于有了一个萌芽和生长的机会。

我在周围的乱石间寻找了很久，没有寻到别的植物。

小草使这里充满了孤独的涩味。

小草使这荒凉成为无边的大荒。

与小草对应的是兵站、帐篷饭馆和不多的几个人，以及叶尔羌河奔流不息的河水。

我久久地看着小草，感觉着它顽强的生命力。

小草在我的心中渐渐幻化为一棵绿色的树，根须扎在岩石深处，树干挺拔，枝叶努力地去接近天空。就像在这里开饭馆的店主，以及那背着妻子遗骨回家的汉子一样，努力去实现生存的可能，去接近生命能够到达的高度。

忧郁而明亮的叶尔羌河

叶尔羌河知道自己前景绝望，但它不愿放弃岸边的一棵草、一株树、一垄庄稼、一个村庄、一片绿洲。它为此前往，认为完全值得，认为那每一种在它浇灌下生长着的生命本身就是一片大海，所以这河有一颗母亲那样明亮的心。

叶尔羌河是我见到的第二条澄明之极的河流。第一条是帕米尔的塔什库尔干河，我曾无数次地徜徉在它的岸边，想发现它澄明之极的缘由。因为我的浅薄，我没能发现，但却在不知不觉中被它洗涤。我变得干净，纯洁得如我的童年。

塔什库尔干河是至美的帕米尔的组成部分，与那里的景象是协调的，而叶尔羌河却在大荒凉中保持着自己的品性（一开始就有一种悲壮的气氛）。只有褐色的岩石和山顶的千年积雪与它相伴，深蓝的河流得不到大地的呼应，只有黄羊偶尔去饮几口水，只有走单的狼不经意到了河边，在水里一照自己孤独的脸面；呼应它的只有湛蓝的天空——白昼里的天空和有月色星光的天空。

在这无边的荒凉中，流动的河是唯一能使人感觉到生命存在的物象。在鹰飞翔的高度，叶尔羌河以其蜿蜒的身姿、孤寂的流水以及没被玷污的源自久远的深蓝，令人感动并得到安慰。

我特意到了河边，掬起一捧水来，饮下，然后把凉而湿的双手捂在脸上。水润着我的肺腑，清醒着我的头脑，而我的口中留下了河水忧郁的味道。

这种味道源自孤独吗？不是的。因为它从一条溪流成长为一条大河，一直在孤独地战斗。

我曾去过这条河的源头，除了零星的草甸，稀少的红柳，只有亘古荒凉。孤独是它与生俱来的东西，是它已有的品性。这忧郁来自它对自己命运的无奈。

在土地与河流构成的大地上，土地一直是个现实主义者，坚守着自身的原则，有什么便向世界提供什么——食物和美，丑陋和贫穷；而河流却是个理想主义者，它以飘逸的流动之姿，以不停地歌唱，永不停止地奔波，直到到达自己应该到达的宽度和广度。

而这条以不可想象的力量，劈开了喀喇昆仑的河流，却在山下的大漠中消失了。

它到达大海的梦想肯定破碎过，但它的追求却是永恒的。

叶尔羌河具有成为一条大河的条件，帕米尔和喀喇昆仑是它的源头。假如没有塔克拉玛干沙漠，就会有一条横穿新疆，经蒙古，奔东北或华北而入太平洋的大河。果真如此，这片大地该是一种什么样的情形呀，它又会孕育出什么样的文明？

但具有劈山之力的叶尔羌河，却被尘沙囚禁了不知多少年。现在，它不但没有前进，反而不得不退却。

我终于明白，叶尔羌河的忧郁是一个理想破灭者的忧郁，它仅仅是一个遥望大海怅然哀叹的囚徒。

难怪叶尔羌河的流水声里夹杂着叹息。

我以为我理解了这条河，至少看出了它明澈之中包含的忧伤。不想当我重新前行，因困顿而迷迷糊糊入睡之际，却听到一个十分洪亮的、从远处传来的声音说："每条河流都有自己结束的方式。在外力让它结束的地方，河流才真正开始。你要认识它，只有成为这条河的养子，在它的岸边垒一间石屋，住下来，听它的语言。"

"这么说，这条河流连忧郁都没有了？"我小心地问道。

"这是一条明亮的河，像没有云彩遮蔽的太阳一样明亮。"

"哦，明亮的河……"我一遍遍地喃喃自语。

"叶尔羌河知道自己前景绝望，但它不愿放弃岸边的一棵草、一株树、一垄庄稼、一个村庄、一片绿洲。它为此前往，认为完全值得，认为那每一种在它浇灌下生长着的生命本身就是一片大海，所以这河有一颗母亲那样明亮的心。"

醒来时，我眼里噙着泪水。我在心里情不自禁地吟出了布罗茨基《切尔西的泰晤士河》中的诗句：

空气有自己的生活，与我们不同，
不易理解，那是蓝色的风的生活，
起源于上方的天空，腾飞而上，
不知在什么地方告终……

没人能在莽莽昆仑帮你到达远方

任何到达的意义如果没有真正的行程，就不可能实现。所以，远行也是一样，没有谁能帮你到达远方。

三十里营房到了。三十里营房并没有30里长的营房，只有一条10余米长的小街，街上停满了满载物资的卡车。有军人、老百姓在街上来回走，挟着寒意的风呜呜地叫着，刮得他们袖起了手，尘土也从脚下腾起来，但没人在意。每个人都悠然自得。路两边是高高低低的红柳，视线由此展开，是营房，是黑色的山岩，然后是洁净得近乎神圣的雪峰。雪峰在瓦蓝的夜幕即临的天空里发着光。星辰已撒在天上，残月已经升起，最高的雪峰上，有一抹夕阳还留恋在那里，像一瓣凋落在白玉上的玫瑰花瓣，美、脆弱，又带些伤感。

三十里营房是喀喇昆仑山上最大的人类居住点。这里海拔近4000米，是喀喇昆仑腹地海拔最低的地方。高山反应十分厉害，我们在兵站早早住下，准备早点休息。天一黑，人们都回了各自的房间，大山恢复了寂静和空旷。

高山反应使我头痛欲裂，怎么也睡不着，只好坐着。我隐隐有些恐惧了，坚韧的生命像玉一样摆在一个摇晃的桌面上，一旦离开桌面，轻轻一摔，就会碎去。我不知该如何应付这一切，只好去看一束从窗外漏进来的月光，看它怎样缓缓移动。但即使这样，仍然掩盖不住心中涌动的悲壮。

是啊，我毕竟已到达了我从没梦想过到达的地方——喀喇昆仑山脉的腹地。

亿万年前那声震撼环宇的巨响，那来自次大陆的裂变，那地球板块的剧烈碰撞，猛然间使特提斯海高高隆起，成为地球的制高点，成为莽昆仑，成为凝固了的、变形的、站立的大海。

这就是莽昆仑。

昆仑山山势雄伟，悬岩峭竣，巨峰拱列，犹如万笏朝天。抬头仰望苍茫云海，那冰冻千载、雪积万年、直刺青天的伟大山系，总会令人肃然起敬。昆仑山古老苍凉，神奇壮丽；昆仑山横空出世，阅尽天下春色。自从盘古开天地，昆仑山便贯通华夏文化，历经五千年历史长河，一直笼罩着神秘的色彩。昆仑山雄浑伟岸，乃群山之祖；其峡谷深阔，实为万壑之宗；更有众多江河源处交汇，又可谓万水之源。

作为孕育了中华民族及其文化的黄河的发源地，昆仑山在华夏文化中一直都被视为炎黄子孙之祖脉所系。作为地球上最孤寂的高地，昆仑山苍茫千里的身姿，实实在在地存在于中国的西部、存在于亚洲的中心地带。但由于千百年来人迹罕至，昆仑山流传于世的，是神话传说，是至高之境、神居之所。昆仑山被视为先祖皇帝居住的“圣山”，是通往天堂的“通天”之山，还被奉为道教的圣界。在古籍《穆天子传》

《山海经》《楚辞》《庄子》和汉代的《淮南子》以及不明年代的《神异经》等典籍中，都有有关昆仑山的神奇记载。许多神奇的故事或根植昆仑，或情系昆仑，或源出昆仑，或归隐昆仑，千古流传，直至今天，使昆仑山成为古往今来无数持有不同心态之人的向往之地。顾颉刚先生曾著文指出，“在《山海经》中，昆仑山是个有独特地位的神话山中心”。

在文人墨客眼里，昆仑山是一座想象之山。司马迁在《史记》中说，“昆仑高二千五百余里，日月所相避隐而光明也，其上有醴泉、瑶池”；毛泽东也有“飞起玉龙三百万，搅得周天寒彻”的诗句。还有人在比喻昆仑之高时，说“一伸手攥着满天星斗”；仅清代的《佩文韵府》一书就编辑了古代流传的与昆仑有关的词汇100多个。

难以抵达，就只能神往。就连壮游过天下的李白也只能以“风涛倘相见，更欲凌昆墟”来表达他的登临之志。

如今，剥去神话色彩，昆仑山就显得沉重了，它更多地只与军人有关。神仙湾、天文点、空喀山口，海拔均在5000米以上。它们是“设在天空中的防区”。

人性对于军人而言，似乎存在着一种悖论，这就使得它在军人身上无法完整地实现。没人真正愿意在这里生活，但因了肩负的使命，军人又不得不在这里设法生存下去。

于是，人、荒原、冰山、雪岭、长天，在这里形成了最孤独最宏大的组合。

由于自古以来少有人烟，这块广阔的地方没有自己具体的传说，很多现代信息也极少能抵达这里，直到新藏公路穿越这里，直到有士兵驻扎此地。

但这些故事、传说的色彩变淡了一些，所反映的往往是现实。1962年的中印边境自卫反击战，是人类在这一带汇聚最多的一次。枪炮声第一次在这里炸响，硝烟第一次在这里弥漫，战争第一次在这里打响。硝烟散尽后，留下了一个陵园——康西瓦烈士陵园。

我们的车在风的吼叫声中前行。风的巴掌一次次扇着车身，像打人的耳光一样清脆。只有风的声音，风声把无边的寂静填满了。月亮已经隐去，星光也淡了些。天仍然蓝、仍然新，将白云和雪峰衬托出来，雪峰看上去也和云一样飘浮在天空中。

太阳升起时，我们正好到达康西瓦达坂下。爬上达坂，就看见了雪山下的康西瓦烈士陵园。那雪山看上去比周围的山低，但积雪却很厚，雪线也很低，一直漫到了陵园的后面，像要装点陵园似的。

风停止了，真寂静啊。我似乎可以听见烈士们的鼾声正从地底下传来。陵园的确像士兵宿舍一样简洁，只有泥土和石头，没有树也没有花草（就像只有白色四壁的营房）。

墓前制式的小水泥碑也好像花名册一样简明，上面刻着牺牲者的姓名、×省×县（市）人、××年入伍、×月×日在×次战斗中不幸牺牲等字样，有军功的刻着军功。他们大多十七八岁，入伍不到一年。

翻昆仑、闯阿里的都是血性汉子，所以纪念碑前摆了很多酒瓶，一看商标都是新疆的烈性酒，还有军用罐头、压缩干粮。我特别注意到有一个墓碑前有一根白杨枝，叶子还没完全枯黄，还可看见绿色的脉痕。这一定是谁有意献上的。

这是再普通不过的树叶，但它在这里就成了最美的花。

有茶炊和烟火的土地上，处处都有士兵倒下的躯体。而这里没有茶炊，也没有烟火，却仍有倒下的士兵。

康西瓦烈士陵园下面，有一块青绿中泛着金色的小草滩，草滩上有几间废弃的房子。那就是对印自卫反击战时新疆军区的前沿指挥所。从废弃的指挥所附近跨过喀喇喀什河，有一条简易公路，可通往神仙湾。这条公路没开通之前，去神仙湾必须绕道天岔口，翻越海拔5617米的奇普恰普山口，走惊险万端的天神达坂才能到达，要多走300多千米险途。这条新路是在哈巴克达坂上硬凿出来的，从平地直插云霄，只有沿着那数不清的回头弯盘旋而上，才能穿越云雾盘绕、冰雪堆积的天险最高点。

上了达坂，峰岭之间倒显得开阔起来，雪线就在不远的地方，提醒我们已来到了一个危险而冰冷的高度。与冰峰比肩，同雪岭接踵，稍远处很多峰岭如怒涛狂澜，在脚下汹涌翻腾。大山谷中的永久冰原闪耀着锋利的光芒，笑傲着飞速流逝的时光。

山谷间有一条冰溪，不知已凝固了多少年。我们的车驶过去停下，我跳下车来，抚摸冰溪冰冷而秀美的躯体。冰溪有青春的气息，一种淡淡的甜味，一种含苞时的清香。我伏下身子把耳朵贴在冰面上，听见了冰下的流水声。这流水声就是冰溪的心跳，冰溪的心是如此自由，谁也禁闭不了。

冰溪的旁边，生长着一种不知名的小草，浅浅的，沿溪岸铺展开去，有的地方一直接上了雪线。我用手去抠泥土，发现泥土冻结得比石头还要硬，但这些小草仍长了出来。小草都是金色的。从翻库地达坂起直到多玛沟千余里行程中，我见到的草大多是金色的，是那种纯正的金色，这也是大荒之境中生命的本色。

我们逆溪流而上，简易公路的两边不时会有一堆黑色的灰烬，那是汽车兵车抛锚后，困在这里，等待救援时为抵御寒冷，迫不得已时烧汽车备胎取暖留下的。

不久就下起了雪，我们的车已不知不觉地行驶在雪线之上。愈往前走，积雪愈深，路愈难行，雪愈密集，风也愈大了。有一种尖叫声——是风的尖叫，又像是别的尖叫——始终在车外响着。

神仙湾边防连海拔5380米，是世界上海拔最高的驻军点。神仙湾边防连的士兵是长时间在高海拔地区生存的人类。每超过5000米这个海拔高1米，生命就脆弱一份，死亡的可能就会增加一份。所以，5380米不仅仅是一个海拔高度，还是一种危险的象征。

我们漂浮、颠沛在这个海拔高度之上。

在这个屋脊上，只有我们这一辆车在蠕动着。孤独不知何时包围了我们。

我突然想起了加西亚·马尔克斯的话："在文学创作的征途上，作家永远是孤军奋战的，这跟海上遇难者在惊涛骇浪里挣扎一模一样。是啊，这是世界上最孤独的事业，谁也无法帮助一个人写他正在写的东西。"

任何到达的意义如果没有真正的行程，就不可能实现。所以，远行也是一样，没有谁能帮你到达远方。

长风抹不去斯文·赫定的足迹

大风已不能把他留在这路上的脚印抹去。斯文·赫定这个名字与中国西部：内蒙古、甘肃、西藏，特别是新疆再也难以分离。

到达神仙湾边防连时，我们大都不行了。整个身体轻飘飘的，好像不是坐在车上，而是躺在云彩上，任云彩乘载着自己，飘向不可知的远处。

两边的雪山显得低矮了。之所以这样，是因为有了最高的托举。积雪把它们的棱角抹去，使它们显得和哺乳期的女性乳房一样丰满而柔和，使人好像行进在覆了白雪的南方丘陵之中。

雪像是突然停止的，连零星的雪也不再飘飞。天空重新笼罩在头上，是没有任何污染的湖蓝。西沉的太阳像在那水里洗过，把傍晚时的瑰丽洗却了，显得月亮一般晶莹剔透。只把那浸洇了玫瑰的水洒在峰峦顶上，像红的乳晕。天地尽头，只有一抹红霞，在等待着太阳归去。一轮弦月早已升起来，比太阳更为晶莹，像一块用羊脂玉做的工艺品。

快到哨卡，才见到一些雪没能遮住的深黑色危岩。山势也拔高了许多，显出险峻之势。两边的山靠近了，四面再无更高的山。山间一条河流，早已完全封冻，奔流之势被凝固在那里，直到来年六七月间。

前方再无山。天空突然间沉下去了。我们像是到了大地的边缘。

虽然积雪覆盖，我们还是在路上发现了零星的白骨。它印证了人类的勇敢和试图在一切能够前往的地方踏出通道的决心。这条通道虽然偶有通行，但正如斯坦因当年在英国皇家地理学会的演讲稿《亚洲腹地》（载于该会出版的《地理学杂志》第65卷第56期）中所说的：其地海拔约18600英尺，仅此一路可通拉达克及印度河流域。道路既高险，地复荒凉，运输上颇为不便，故除近日因政治背景，提倡由此路以连塔里木河及印度外，其在昔日，实非冲途。

但自1847年8月，英国人亨利·斯特雷奇和汤普森奉英印政府之命探察喀喇昆仑山等地以来，直到1946年希普顿到喀什噶尔出任领事，取道喀喇昆仑山口。西方人的足迹在这里就没有断绝过。

踏着亨利·斯特雷奇和汤普森的足迹，1857年7月，普鲁士人阿道夫、赫尔曼、罗伯特三兄弟，从拉达克出发，翻越喀喇昆仑山到达阿克赛钦，又沿喀喇喀什河到喀喇格托克山口。后来，阿道夫被叛乱的倭里罕处死，而他的兄弟则绘制了喜马拉雅山和天山的详图，并带回1400种土壤样品和植物标本，沙皇授予他们“萨昆仑斯基”的头衔（意为“攀登过昆仑山的人”）。

十年后，英国人罗伯特·肖华化装成商人，从列城出发，取道喀喇昆仑山到达叶尔羌，著有《喀什噶尔行记》；1873年5月，匈牙利人伯尔占茨自彼得堡出发，取道维尔诺、纳伦、喀什噶尔、叶尔羌、沙都拉、喀喇昆仑山口，到达列城；13年后，英国探险家扬哈斯本探察过这一山脉；1893年6月，英国人厄尔率探察队越过喀喇昆仑山口，前往新疆考察；此后是俄国人诺维茨基和英国人斯坦因，以及由英国地理学家罗斯比和法国上尉昂什涅联合组织的探察队；1905年，英国地质学家亨廷顿与巴雷特也从列城出发，越过这个山口到达了和阗。次年，英国领事弗雷泽和第 6 次到中国考察的斯文・赫定，以及日本参谋部陆军少佐日野强在此穿行，去向不同的地方。1911年，美国的沃克曼夫妇来此测绘喀喇昆仑地区的冰川。次年意大利科学家菲力浦博士途径印度，翻越喀喇昆仑山口，进入叶尔羌地区；1927年，浪漫的英国陆军中尉格雷格森偕同夫人从斯里那加到叶尔羌旅游，也曾翻越这个山口；然后是英国汉学家维塞博士对喀喇昆仑的考察。他们虽身份不同，目的各异，但都有巨大的收获。或有科学考察成果，或获取不同的荣誉，或成了探险时代的英雄。

但在所有闯入世界屋脊的人中，斯文・赫定和斯坦因是比较幸运的。

我们所走的路与斯坦因当年所走的路径大体一致。他是1908年8月来到阿克赛钦地区的，身材矮小的他和赫定一样终身未娶。在登越喀喇昆仑之前，他刚刚把从敦煌、和阗、吐鲁番等地挖掘的十几大车古代文物运回伦敦。他从这里取道印度回国，是想顺便勘察昆仑山主峰和喀拉喀什河河源。

这两个人中，我更喜爱赫定。作为一个探险家，他更干净一些。这不在于斯坦因以四块马蹄银从文盲道士王圆录那里拿走了二十九大籍敦煌的经卷、绘画和珍贵的文物。对这些东西，它作为财富，可以属于一个国家，但作为艺术品，只要没有毁坏它，它可以属于整个人类。它仍然是中华民族创造的，只是放置的地点改变在了英国或别处。这主要是斯坦因的身后当时常常拖着大英帝国扩张野心的阴影，他的考察队队员大多是化装成仆人的英藉、印藉军官，是间谍。他们以探险考察之名，利用当时先进的测量工具对新疆地区进行军事侦察，为白金汉宫提供所需的情报。

斯文·赫定的探险或考察不是以"找宝"——攫取文物为出发点的，他的目的纯正，他一再表示：不与各国古董商做交易。

他以"天使般的耐心"，用双脚在亚洲腹地跋涉着、寻找着，毫不懈怠地向人生目标前进。

斯文·赫定1865年出生于瑞典首都斯德哥尔摩一个中产阶级家庭。当时正值19世纪地理大发现的热浪一潮接一潮地涌起，西方地理学界，甚至可以说整个知识界已向地图中的空白点宣战，征服极地的船队不断驶出港湾，许多无名之辈，因为测绘了一条河流或标明了某座处女峰的海拔高程而一夜间名扬天下。这使斯文·赫定把探险作为自己的人生理想，并在19岁时就开始踏上实现理想之路。

他在1907年准备前往西藏时，是他的第四次来华，他1893年途经喀什噶尔时，刚好听说法国地理学家杜特雷依·德·莱因斯进入阿尔金山后，失去了踪迹。1894年5月1日他再抵喀什噶尔时，正逢杜特雷依的助手格伦纳死里逃生，向公众揭示了杜特雷依及其探险队的命运。原来杜特雷依进入阿尔金山之后，穿过无人区，到达了青海藏区。这时，灾难也开始降临，先是达赖喇嘛下令阻止他们前行，因为他无意会见这些不速之客。他们被阻于大江江源，由于无视当地居民，酿成惨祸，被愤怒的藏民追上，投入了长江的激流之中。

俄国中尉普尔热瓦斯基也曾在1870年至1886年4次进入亚洲考察，他最着魔的是拉萨，所以倾毕生精力，希望能进入西藏，他第一次到了距拉萨200多里的布姆扎山，但西藏官员严词拒绝了他进入拉萨的要求。因为洋人“向无进藏先例”，西藏僧俗也“众立誓词，切实付结，纵死力阻”，他只好悴然而归。1883年，他再次准备进藏，到了黄河河源处的鄂陵湖和扎陵湖。由于触犯“神湖”，数百名青海果洛藏民前来干涉。普氏愚蠢地下令开枪，40位藏民血染神湖。他的这一野蛮而又罪恶的行径使苏联学者讳莫如深，闭口不谈。

普氏一行辗转80多天来到和田地区，准备先越昆仑进入藏北高原，走了几天，就被吓回来了。但普氏对未能进藏耿耿于怀，49岁时，他又来到中国，由于喝了有病毒的河水，暴死于卡腊科尔。他最终未能瞻仰布达拉宫的神圣姿容。

斯文·赫定没有被吓住，他决心翻昆仑入藏。他自负地宣称，要除去西藏地图上“UNEXPLORED”等字样，给山脉、湖泊、河流标上原有的真名。这一点他没有做到。但正如他所宣称的，每走一步对我们关于地球上的知识都是一种发现，每个名字都是一种新的占领。

的确，直到1907年1月为止，我们对脚下这颗行星表面上这部分的了解，同月球背面一样一无所知。他奇迹般成功了，不但在西藏做了考察，有重要的地理发现，还成了班禅额尔德尼的座上客，为扎什伦布寺所接纳。他的经历已成了人类探险史上的经典细节——他第84天看到帐篷时，已饿昏了头，为了向互不通语言的藏民换一只羊，他趴在地上一边学羊叫，一边摇着手上的银币。

他的目的是逼近包括阿里、羌塘草原在内的大片无人区，寻找印度河河源。因为这期间，英国皇家地质学院发表的最新西藏地图上，托加藏布河以北的白地上只有“UNEXPLORED”的字样。

他近乎疯狂的探险热情、卓越的吃苦精神、坚定的奋斗方向和明确的决心以及视科学为最高信仰的态度，使他走向了伟大的成功。

大风已不能把他留在这路上的脚印抹去。斯文·赫定这个名字与中国西部的内蒙古、甘肃、西藏，特别是新疆再也难以分离。

岁月的长风一直没有停歇过，但已难以抹去他们的足迹。当然，留在这里的仍旧是高处的险象和无边的荒凉。留给我们的还有思考。在地理大发现的100年间，是西方把中国西域和西藏展现给了世界；是他们力图来发现和探寻。而我们却什么也没有做。

萨利吉勒干西河的一滴爱情泪

它是一滴遗留在苍茫高原上爱情泪，如此古老，如此新鲜，永不干涸……

壮美的风景都有相同的胚胎。萨利吉勒干西河位于新藏交界处的温泉达坂下，是萨利吉勒河的支流产生的湖泊。二者的关系就像缩小了的河流和大海。但它呈现给我们的美又是放大了的，具有一种无限性。

萨利吉勒干西河，大地一滴晶莹的泪，它宝石般纯净的蓝呼应着河流、天空、绵延的雪山、飘动的云彩和大大小小的神灵。它是一滴遗留在苍茫高原上爱情泪，如此古老，如此新鲜，永不干涸……

萨利吉勒干西河证实了这种说法：大地是无法用语言表达的传奇。对那些我们陌生的边荒之地更是如此，那里其实是美的首都，美站在了“表达的中心”。

大地永远在成长，永不衰老——加之流动的季节、变幻的气候、枯荣的万物的精心装点，使它即使在某个瞬间，所焕发出来的魅力也是无穷无尽的。我们即使面对萨利吉勒干西河这个世界屋脊上的小景象，人类的词汇和语言都显得苍白无力。

为了表现大地的美，摄影家们已经穷尽其能。但我们看到的大多是摄影家在大地上拍摄的风景，这种先通过摄影家的眼睛再通过相机的镜头所传达出来的美，是人对人间的打量和审视，是普通人也能够相遇和领略的。在飞行器没有被广泛使用以前，从天空中俯瞰大地一直是人类的梦想。在那以前，只有飞鸟和传说中的神灵具有这种能力。即使现在，对于很多人来说，要从天空俯瞰很多地方也是不可能的。而现在，摄影家把我们的视角改变了。他在鹰飞翔的高度，用神灵般的“天眼”俯瞰人间，山川湖泊呈现出了前所未有的美，我们看到了萨利吉勒干西河的立体肖像，看到了它处子般纯洁的心灵。从艺术角度来说，它也成了一件真正意义上的大作品——它是大地一个美的点，但它代表的是辽阔大地，无边风景。它不仅经得起我们这些肉眼的永久打量，也经得起神灵的凝视。

在界山达坂接近天界

界山达坂，就是天界。

天界已没有高度，只有一种卓越的寂静笼罩在周围。

我们是怎样接近天界的呢？

是以一种恐惧、赴死的方式。

那天的行程是从康西瓦出发，经红柳滩、甜水海、铁龙滩、空岔口到多玛，其中要经过使人闻之色变的死人沟，翻越康西瓦、奇台、界山和苦倒恩布四架达坂。行程总计400多千米，这也是天路最险要、最难走的路段。跑天路的人们说："天不怕，地不怕，就怕红柳滩到多玛。"

由于高山反应，我们感到身体涩重，头脑格外空明，好像脑子里有生以来所盛下的一切都被洗涤得一干二净。那时，你会突然感觉到肉体是一种实实在在的累赘，希望能将其抛却掉。同时，你身体的每一丝疲惫、每一缕困倦，头脑都能感受到；每一股寒意、每一阵大风，以至高原上的一切事物，都显得格外分明，且成倍地膨胀着呈现在眼前。

我们的车冲下奇台达坂后，大地平坦而宽阔，山峰闪得很远，因此也显得低矮得多，像有一种强大的力量使它们显得十分卑微，但它们都带着白银铸造的桂冠，在蓝天的映衬下，在近乎辉煌的阳光的照耀下，闪耀着夺目的光芒。

一群野驴飞奔而过，它们敲击亘古荒原的蹄声清脆而急促，它们身后高扬起的尘土透明且富有生机。它们消失得那样疾速，像闪电，像一个转瞬即逝的梦，留给我们的，只是无边的寂静。

那是一种大寂静，好像世界刚刚诞生，还没有第一次呼吸。

神仙湾上站过哨，
甜水海边洗过脚，
死人沟里睡过觉，
界山达坂撒过尿，
班公湖里洗过澡，
蹦两蹦，再跳三跳。

据说能在喀喇昆仑山上做到这六点的男人，是真男人、真英雄。但这六点都是不能贸然去做的。神仙湾上站哨，需要一番苦修，有所适应后才能完成。甜水海边洗脚，那是不想活的人才会干的事。而死人沟里睡一觉，可能就永远起不来了。界山达坂那泡“高尿”更是不能随便撒的，第一，那里居住着过往者心目中的神灵；第二，在海拔6370米、飞机飞行的高度上，停留的时间最好短一点，以免自己撒了一柱“高尿”后，就再也撒不出第二柱来；班公湖里洗澡，就可能魂归湖底。有一个年轻的、第一次上山的通信兵，从电杆上下来时，到了离地一米左右的高度，以为没什么问题，就势往下一跳，没想跳下后再也没有起来。所以，蹦跳吼叫这些十分平常的事，在这里却有可能夺去你的生命，所以也不能随便做。

黑色的电杆在路的一侧延伸着，像没有尽头似的，但它们也是我们最好的伴侣，只有它们一直陪伴着我们。

峡谷两边的山并不险峻，路边还偶尔可见一丛羊胡子草，但只能让人觉得这是大自然的恶作剧，甚至是某种满含阴谋的诱惑。它想使你麻痹，然后冷不防置你于死地。

常跑阿里的汽车兵告诉我们，每年5月初开山通行之际，他们总会在死人沟里遇到被一个漫漫长冬的大雪裹紧，不知什么时候抛锚于此的汽车。拉开车门，总会无一例外地看到冻死在驾驶室里的司机和同行者。初见时，你不会以为他们已死。他们坐在那里，面色如初，像在一边休息一边等着某个人。只有连叫几声没有动静，你去拉搡，他们才会僵硬地跌出车外，这时你才确信他们早已死了。

高原的气候变化无常，大雪封山的时间更是说不准。这些不幸的人就这样，被一场突如其来的大雪埋在了这里，做了高原的祭品。

车在海拔5000米以上的高度颠簸，也像得了高山反应似的喘着粗气。连续数夜的失眠已使我们灵肉分离，加之高山反应，我们感觉身体早已支离破碎，东一块、西一件，在天空里胡乱地飘浮着。但我们不能睡着，也不能停下。苍白的脸随车的剧烈晃动，如飘忽的白纸。

谁也不想开口，张一张嘴都觉得费劲。

几个人沉重的喘息声盖过了车的噪音，呜咽的风在耳边也模糊了，微弱了。长天大地好像都在飘忽着远去。

这是我有生以来，肉体和意识所承受的最大的痛苦。因为头痛欲裂，我只有用绳子和毛巾一次次将头紧紧地勒住，但效果并不明显。

隐在云朵后面的太阳一片模糊，像蒙着面纱的汉子，有些怪异。太阳在云朵后面偷偷地西沉了，以至夜幕降临了我们都不知道。

让人恐惧的暮色把高原笼罩了起来，只看见极远处有一小片天光在闪烁。只有凄厉的风一阵紧接一阵地从头顶上刮过，车被风摇晃着，发出噼噼啪啪的响声。

死人沟紧接界山达坂，两地并无明显的地势差异。山势与喀喇昆仑相比，要柔和许多。

数十道车轮碾成的沟槽像一道道伤痕，画向那个著名的高度。越过雪线，沿那些伤痕盘旋而上，我们终于看到了五彩的经幡。经幡下，立有一个简陋的石碑，上面赫然刻着：

界山达坂　6700米

字用红漆描过。

界山达坂的实际高度只有6370米。但即使是这个高度，也是世界海拔最高的公路的最高点。

从地图上看，界山达坂应在219国道660千米处，那是真正的新藏交界处的达坂。人们通常所称的界山达坂，在军用地图上称“苦倒恩布”达坂，意为“红土达坂”。为什么要把界山达坂的石碑立在这里呢?

据说立碑的是个汽车兵。这碑不立在真正的界山达坂而挪到海拔最高处，就是要让它成为只有英雄才能越过的高度。

翻越这样的高度，即便是对探险家来说，也是一种骄傲。因为，阿里的神奇、险峻和绝美，皆因其海拔之高。海拔高度，既是大地的高度，也是人类梦想的高度。

不管你是戍边的将士，还是猎获风景的旅行者；不管你是大地隐秘的探寻者，还是前往神山圣湖的朝圣者；即使是为了生计的逐利者，要抵达这块天空中的高原，无一例外地要有勇敢无畏的精神。

所有的汽车经过这里，都要围着经幡绕上一圈，以祈求神灵的保佑。

天似乎更低了，云雾在山腰涌动，降下些雨雪，雨雪落地后不一会便无声无息地散了。

界山达坂，就是天界。

天界已没有高度，只有一种卓越的寂静笼罩在周围。

第五章

在苦行中领悟：
西藏阿里，神灵遍布

太阳高悬在天上，尘土覆盖着一切，风在大地上的阳光中穿行。宇宙间似乎只有三重境界：上为光明，中为风，下为尘土。

我沉浸在这古老、深邃的神奇世界里，常常被一句歌谣、一种声音、一种表情、一处景象所感动。

进入阿里的金色大地

大地如此新鲜，似乎刚刚诞生，还带着襁褓中的腥甜气息；大地如此纯洁，像第一次咧开嘴哭泣的婴儿。

翻过界山达坂，就从喀喇昆仑的大荒之境进入了至纯至美的王国。金色的草地漫漫无边。

那是纯金的颜色，一直向望不到边的远方铺张开去。

风从高处掠过，声音显得很远。藏野驴在远方无声地奔驰，留下一溜烟尘。几只黄羊抬起头来，好奇地打量我们一阵，然后飞奔开去。远处的山相互间闪得很开，留下广阔的平原。险峻的冰山则在很远的地方，在阳光里闪着神奇的光。

天空的蓝显得柔和，像安静时的海面。大地充满慈爱，让人心醉和感动；让人感觉这里的每一座峰峦、每一块石头、每一株植物都皈依了佛。实际上它们的确被藏民族赋予了神性。

几只雪雀突然从金色的草地间飞起，鸣叫着，像箭一样射向蓝天，消失在更远处的草甸里。鹰盘旋在高空，久久不动。

大地如此新鲜，似乎刚刚诞生，还带着襁褓中的腥甜气息；大地如此纯洁，像第一次咧开嘴哭泣的婴儿。

这一切令我无所适从，我不禁热泪长流。只有眼泪能表达我对这块土地的惊喜和热爱，只有眼泪能表达我对这至纯之境的叩拜和叹服。

我已感到这大地的神圣性，听到了大地中传来的悠长的法号声，觉得这里的每一株草都是一句“六字真言”。

我正被这里的风和停滞的时光洗浴，它们灌彻了我的五脏六腑、血液经脉、毛发骨肉，让我重新认识自己的过去，重新认识自己的灵魂和内心，重新认识我致力追求的一切。

洗浴似乎是进入神山圣域必须的一道仪程。只有使自己澄明如水、流畅如风，才配继续前行，才配感受信仰的伟大。

车虽然颠簸得十分厉害，但在那种静穆之中，却感觉不明显。

刚下苦倒恩布达坂，我们就听到了歌声：

公马群在右面山上，
母马群在左面山上，
老马在一望无际的草滩上，
马驹子在沙窝子里头，
低矮的灌木丛中放山羊……

歌声高亢、嘹亮，充满激情，在天地间久久回荡。

我们循着歌声寻找歌者，却没有踪影。又转了十多分钟，才看到她。她骑在一匹矮小壮实的藏马上，放牧着一大群毛色各异的羊，一匹威猛的藏獒跟在她的身边。

看见我们，她勒马停住了，把吠叫的藏獒喝住。她穿着宽大的皮袍，围着色彩鲜艳的帮典，束着红色腰带，有一只脱去的袖子束在腰间，显得豪放而豁达。

她的脸红黑而有光泽，众多的发辫盘在头上，发辫上饰着银币、翡翠、玛瑙和绿松石。耳朵上的耳环，脖子上的项链，使她显得贵气而端庄。她最多十六七岁。

她看我们的眼神是那么专注和热烈。我感到了她目光的清纯。她的羊此时也大多抬起头来看我们，而那匹藏獒不离左右地护着她。我们怕惊吓着她，停车不再向她走近，只在远处看着她。

她笑着，招手让我们过去。她笑起来是那么美，白玉般的牙齿远远就能看见。

但我们快要走近她时，她却勒转了马头。小小的藏马载着她，一跳一跳地跑远了，只留下一串清脆的笑声。

那匹高大的藏獒像笑话我们似的冲我们吠叫了一声，赶着羊追她而去。

我向前方望去，没有看见毡帐，也没有看见炊烟，只有金色的草地一直延绵到模糊的雪线。她站在一座小山包上，只有一朵玫瑰花那么大一点儿。她的羊正向她涌去，但也显得越来越不显眼，只有她的歌声又在前方响起来，仍然那么动听：

在那白色的雪山背后，
有一个无瑕的白衣情人，
同我纯洁的心灵一样；
在那白色的大山背后，

有一个美如玛瑙的情人，

如同我美丽的眼珠一双……

我远远地、久久地望着她，直到她消失得无影无踪，有一种恍然如梦的感觉。那天，直到多玛兵站，我们再没有看见过牧人。我不知道她的帐篷支在哪里；不知道她的家在何处；不知道她是否已有“白衣情人”；也不知道在那样无边的旷野中，她是否恐惧过，是否有过孤独。躺在多玛的夜间，我以一种忧郁而又复杂的心情想念起她，像想念一个离我而去，走向不可知的远方的恋人。

后来我听人说起，在藏北，像她这样的牧羊人，都是逐水草而往，走时带点糌粑、奶茶，一出去就是十天半月，日出而牧，日落而息，走到哪里，找个山洼或背风的地方，把羊群收拢，长袍一裹，就挤在羊群中睡了。

长天为帐，大地为床，风为她催眠，白雪绿草任她前往。这符合她自由的天性，也让我们心中希望的美永恒。这可能就是她丝毫没觉出悲苦的原因。

在阿里的那些天，我常常想起她，想起遇见她的那个地方。虽然她并没有走失，但我却没法改变我在那里走失了一个姐妹的想法。

后来回想起来，我才发现，真正走失的不是别人，正是我自己。

秘境中的日土寺

高高的天空中到处都有神的宫殿，在云雾缭绕的雪山上有神的居所，在草原和河谷里有神的行踪，天上的鹰、草原上的马，水中的鱼是神的化身，连地里的庄稼都有不死灵魂，所以在收割青稞的时节，就不仅要收割了，还要招青稞的魂。

自翻越界山，我已在不知不觉中沐浴了佛教信仰的长风。它浓郁之极的宗教气息，正是人类信仰的气息，只是它存在于这里是如此纯粹、执着和普遍，使你无论在何处，都能感到神的存在，感到信仰巨大的召感和伟大的力量。

日土寺位于一座孤立的山冈上，原有很多僧人，后来大多去了列城。但信仰是没有地域的，去了何处，只要是为着信仰，信仰就是存在的。我去时，只有一个守寺的人在寺庙中，显得清冷，但寺庙只是宗教的殿堂，是信仰的象征，它的弘扬与永恒全在于民众。

我已感觉，在物欲喧嚣的这个星球上，西藏是最后的秘境，也是唯一宜于神灵居住的净土，而阿里则是秘境中的秘境，它的神秘性远比其封闭后再慢慢开启所呈现出来的要丰饶千万倍，我们用行旅、用目光所能见到的，用耳朵所能听闻的，仅仅是表面上的一点，只是一层薄如水膜的东西。更多的东西隐在它的过去；隐在大地深处，群山之上；隐在人的内心，它们仅仅偶尔表露，仅有一小部分被传唱和讲述。也许在经筒转动，在经文诵出的一瞬，打开的就是一道通向秘境的大门，而进去后有多深广，就只有你去探寻了。

所以表面上，西藏只是一座高原，而阿里只是高原的一部分，具备高原的显著特征：海拔、雪山、冰峰、河流、草原等等，仅此而看，它难以构成如此深远的神秘性。确实如此，当这些东西被我们的目光掠过，神秘性也就消失了。

但这只是有形的部分，而无形的部分则像一部需要一页页揭示的、不知多厚的书，你翻开一页，还有一页，永无穷尽。

它是藏民族的文化赋予的，是他们丰富的想象力赋予的，也是那些无处不在的神灵赋予的。

说西藏的神灵无处不在，一点也不夸张，有一首藏族民歌唱道——

东方雪山顶上，
彩云纷纷扬扬，
那是大神小神，
正在天上徜徉。

在他们眼里，高高的天空中到处都有神的宫殿，在云雾缭绕的雪山上有神的居所，在草原和河谷里有神的行踪，天上的鹰、草原上的马，水中的鱼是神的化身，连地里的庄稼都有不死灵魂，所以在收割青稞的时节，就不仅要收割了，还要招青稞的魂。招不回青稞的魂，来年的辛劳就会白搭。自出生那天起，人便开始了与繁复众多的神祇打交道，甚至每个人的身上都附着神灵；头上住着乌拉（头神），右肩住着颇拉（男神），左肩住着姆拉（女神）。还有结拉（生命神），库拉（帐篷神）、托拉（家宅神）、域拉（乡土神）、扎拉（敌神）……当这些神祇活跃时，生命之光异常明亮，农业兴旺，乡土安宁；相反，生命之光则黯淡，预示着死亡的来临，家业的衰落，乡土出现变故或灾难。

因此，神无处不在，无时不在。所以阿里各地处处都能看到神庙、神坛、神塔、神山、神居、神湖、神水，每条路口都有神佛安居的玛尼堆，每家屋顶都飘扬着向上天传达人间祈求的五彩经幡，在每一道空气稀薄、人迹罕至的高山隘口，都有朝佛者为山神垒起的宝座。这一切成了高原的徽记，也是让人皈依的物象。

众多的神祇归纳起来，可分为佛教诸神、本教诸神和民间诸神。开始，民间诸神占据着信仰的天地，然后本教是雪域大地的主宰，到8世纪中叶，弘佛的藏王赤松德赞经过艰苦的较量，击败了本教，使佛教诸神登上了主神座。部分本教神和民间神，则被密宗大师莲花生调伏，皈服了佛法，但只是保护神或附属神。只能享用茶酒祭供，不能顶礼膜拜；也不能超度众生的来世，只能利乐人类的今生。

但本教在诸如西藏的边远地区，以及与青海、四川的接壤之地，仍拥有原先的、至高无上的地位。民间诸神也仍在雪域长留。

民间宗教将宇宙分成三个层次——上为白色的天空，那是天神的世界；下为蓝色水域，包括地下（是明亮而非黑暗的），住着龙的家族；中间是广阔的红色大地，活跃着“赞”和其他大地上的神祇。

信仰是人类在面对和承受苦难时向冥冥中寻求的心灵安慰。青藏高原险峻万端，生存条件恶劣奇诡。如果没有信仰的支撑，没有它给予的巨大的力量，很难有人能面对高原上的严冰酷寒、燥热乏雨、狂风暴雨、洪水猛兽以及那数不清的疾病、瘟疫、战乱，这些让人绝望和恐惧，却又无法战胜。而日月送来的光明，柴火带来的温暖让动物们惧怕，这些自然力量使他们难以解释。便以为有一种神秘的超自然力量，在冥冥之中对一切做了安排，它们或善良，或邪恶，或善恶兼备。时光沧桑，人们满怀神圣，用人类原初的纯洁想象力构拟出了各种神圣，赋予它们无所不能的力量。山川大地、日月星辰、风雨雷电、鸟兽虫鱼、花草树木乃至宇宙中的一切，无不具有超凡的灵性。这些其实就是先民头脑中的宗教观念。只是直到20世纪中叶，高原封闭的状态依然存在，雄奇的雪山、闪光的冰峰、瑰丽的神湖、云蒸霞蔚的自然景观依然；加之生产方式落后，生产力低微，阻挡了其他文明的冲击和沧海桑田的变化，使雪域众生仍然保持了古老的神灵观念，一直至今。

西藏人一直被神灵伴随，走过其漫长或短暂的一生，直到他们进入另一个世界。

西藏有一部藏文史藉《贤者喜筵》，记载了一些古老的传说，从中可以看出，在吐蕃王朝早期，人神是融为一体的。赞普就是天上的神，被派到人间执掌国政，当他的儿子长大到能够骑马奔驰时，自己便沿着彩虹般的天绳向上攀登，一直消隐在无限悠远的苍穹。第八代赞普直贡赞普因与牧马人罗昂达泽决斗，失手误砍天绳，再也没能回到天国，只有将陵墓留在人间。《西藏王统记》也说聂赤赞普“从天梯下降到四库平原时，被在那里放牧的有才丁的本教徒十二人看见”，这些本教徒得知其系“天谪降之神子”，于是便“以肩为座，迎之以归”，并奉为

“藏疆之王”。

西藏不少贵族和头人，也常常自诩为神牛或神马等的后代，并引以为荣。传说藏传佛教直贡派开山祖师居热·齐田贡布，是苍穹中的一支母鹰所生。至20世纪三四十年代名震藏北的黑痣英雄嘎加扎那，还被人们认定为巴青雪山神崩纳的儿子。

因为高原上的生产、放牧以及生活习俗都与神祇有关，所以人们与神的交往常常和与人的交往一样频繁。象泉河谷的农民每年藏历正月初五要在地里安放一块白石，并举行祭祀仪式，他们认为白石上有龙女鲁莫杰姆附身，能保佑他们风调雨顺；牧民们相信遥远北方的盐湖，是神女察措杰姆的领地，只有健壮的男子汉能博得神女欢笑，赐给生命中珍贵的盐。诸如此类，都是人神交往的方式或过程。

而西藏的许多宗教节日和民间节日，就是人与神的联欢。人们用各种吉祥时日，用丰富多彩的方式娱乐神灵，以使神灵高兴，发欢喜心，保佑庄稼丰收，牧业丰旺，众生幸福，雪域安宁。当然，还有人神之间的使者巫，人通过巫向神陈述自己的情况和愿望，神通过巫向人传达神谕。西藏各地的城镇村溪都有男女巫师存在，即使在最荒僻的山村，最边远的牧帐，也能看到他们在鼓点中蹦跳的身影。西藏噶厦政府（清代到新中国初期西藏地方官署名，即原西藏地方政府）都设有专业巫师，例如拉莫、乃炯、噶顿三位护法就是。他们位列三品或四品官，身世显赫，驻赐豪华神殿，出门时有成群的侍从前呼后拥，降神时则有数十名乐师进行伴奏。他们负责指导转世灵童的寻找，决断摄政王的任命，包括战争与和平这等重大事务，也由他们发布神谕。

即使那些格萨尔史诗的吟唱者，也总是自称是在神灵附体的情况下，不由自主地演唱这些浩繁如海、冗长无比的英雄史诗的。的确，如果单凭普通人的智能，是很难准确无误地把长达数百万行的古代史诗背诵下来的。

西藏是一个有无数个密宫组成的巨大宫殿，等待着人们去发现。它和布达拉宫及其他众多依山而建的寺庙一样，以神的角度，俯瞰着这个星球上各种肤色的芸芸众生，它宽厚地看着他们的相互倾轧，看着他们对人间的破坏，然后以怜悯的情怀和巨大的耐心，等待他们在低头寻找欲望的满足后，抬起头来，感受它的光辉，然后醒悟……

在日土寺，我感受了信仰的宁静的同时，也感受了它的忧郁。但那份宁静和忧伤值得珍存。它能够使这种宗教文化得以源远流长，并保存它已经形成的民族独立性，并将在未来为人类提供一份有关信仰的启示；它还将成为生态的样本，成为世界神秘性的象征。

青藏高原，它就是这个星球上的布达拉宫，它没有穷尽的房间是信仰者不朽的栖所。

札达土林让我感到了语言的贫乏

“多么奢华而又排场的绝美呀！”我忍不住大声说道。

土林让我无法描述。一进入阿里，我就感到了语言的贫乏。但此时我几乎是哑口无言，成了语言的白痴。我只能发出如上面那句无一点力量的赞叹。

札达县面积22500多平方千米，绝大多数面积被土林占据。与土林壮阔而宏大的美相比，以狰狞险峻著称的美国西部大峡谷可能也会黯然失色。古格王国遗址是阿里文化和历史的象征，但如果没有气势磅礴的土林的环护和衬托，不知会逊色多少倍。

那天下午，我们决定去看土林。

离开县城没多久，景象慢慢神异起来。前方突然出现了一座古城池，用黄土筑成，呈富丽庄严的金色，巍峨高耸，拔地而起。其上有垛口、射孔、城楼和站立的武士等一切辉煌的城堡所具有的东西。

“那是座什么城啊？”我吃惊地问，这可是我所见到的最辉煌的城了。

同行的人笑了，说：“那就是土林。”

土林太像一座城了。我像走进了一个辉煌的梦，又像走进了某个传说。即使我离那“城”很近了，仍不相信它是自然形成的。我一次次眺望，一次次惊讶。待到了土林的下面，才明白人类难以创造这样的奇迹。

愈是前往，愈是觉得不可思议。这不就是神留下的宫殿吗？但它却比宫殿更美——这是神和人类集所有对美和宏大事物的想象而创造的产物。

“多么奢华而又排场的绝美呀！”我忍不住大声说道。

土林让我无法描述。一进入阿里，我就感到了语言的贫乏。但此时我几乎是哑口无言，成了语言的白痴。我只能发出如上面那句无一点力量的赞叹。其实，此时最适宜的方式是缄口不言。但我又不能不描述它，哪怕我的描述苍白得没有一点力量。谁能用笔还原神的想象和梦境呢？这种绝望让我顿时变得无比忧郁。

土林是金色的基调，有的像驻守城池披坚执锐的勇士，可闻号鸣箫咽之声；有的形如万马狂奔，可感觉它们疾如飓风掠过；有的则如千驼相聚，可望见流沙飞扬；而如神佛者更多，相貌或慈或善，或怒或恶，或坐于莲花，或行于天际，无不形神兼具，栩栩如生；还有静坐修身的喇嘛，虔诚无比的朝佛者，婀娜妖艳的空行母……每一种景象，若稍微变换角度，则又是不同的奇景，似人非人，似物非物，似神非神，似幻非幻，巧夺天工，变幻莫测。

在这里，你可以尽情地想象，并能够将世俗的一切忘却。屏息之下，你似乎可以感觉这一切都在复活，可以听见佛语悠远，仙乐飘飘，鹿鸣呦呦，铃声阵阵；还可看到神灵和云彩一起飘过，可以听到鹰隼展翅的声音；还能听到女子的喁喁细语，裙裾索索；也可以听见江河的奔涌，清溪的流淌；可以听见乡间的犬吠鸣啼，山野的泉声鸟鸣，以及大海的涛声，天上的惊雷……峰峦叠聚，大柱兀立，雄伟奇拔，奇异多姿，环绕回旋，神秘莫测。由于傍晚初至，夕辉瑰丽，使整个景象明暗有致，层次分明，浩浩然超凡脱俗，荡荡然鬼惊神叹……

但土林不是传说中神的赐予，而是大自然的造化。《西藏地貌》说这种地形是 “由于水平岩层中垂直节理比较发育，而粉砂岩又具有良好的直立性，所以沟谷深邃，谷坡陡立，即使一条小沟，也可深达100至200米。较大的支沟谷底，两壁陡峭呈箱形谷。又由于不同岩石的差异侵蚀，水平岩层常常成为粉细砂岩和黏土岩的保护层，或平铺于岩壁的顶部，或突出于岩壁之上，与软岩层交互，组成雄伟挺拔，奇异多姿的古城墙和古城堡形态”。

任何景象一旦落实到科学的解释上，就会索然无味。

天色越来越暗，大地上已有了水样的月色，这泥土的林莽也变得暧昧，显得更加幽静深远。天边的晚霞尚未褪尽，还有最瑰丽的一抹，映照着最高处的风景，使其以沉醉的状态呈现着。随着夜色渐渐飞升到最高处，终于没了依托，显得遥远，成了天空的一部分。

由于专注于土林的美，我显得如此疲惫。当我在暮色里回望土林时，我不知自己是否还有勇气进入那美境之中。

缓缓流淌的象泉河已看不分明，只隐隐可见波光的闪动，隐隐可闻流水声从浓浓的暮色中传出来，像在倾诉，又像是在哼唱一首古格王国的古歌。

札达的深度

札达处于土林的环抱之中，处于美的核心。

札达金色的背景即使在月色的笼罩下也显得光芒四射。我的内心被一种东西冲撞着，按捺不住。

我不知是什么让我兴奋。是面对一种辽阔时的茫然吗？是金色（这个词语对阿里、对藏民族有一种不可替代性。它是一个大的底色，也是藏民族的精神底色。藏民族是一个怀着金色之心的民族。而这种颜色代表着这个民族的荣誉、苦难和信仰）的阳光、尘土和风赋予的震撼吗？

我说不清楚。但我已感知我获得了一种从没获得过的给予。

在札达边防营营部躺下时，已是星辰满天，残月升起，最高的雪峰上，好像还有一抹夕阳留恋在那里，像一瓣凋落在白玉上的玫瑰花瓣，美、脆弱，又带些伤感。

月光漏在屋子中央，有些发蓝。我盯着它缓缓移动，让它盛装我对故乡和亲人的思念。我天生忧郁的心自从进入阿里，就变得明亮了，像一个采光很好的房间。

我还不知札达是多大的一个城。它如此安静（一种高原上相对的海拔低处的安静），连一声狗叫也没有。

整个札达都在安静地度过一个夜晚的时光。

我侧着耳朵，希望能倾听到一些什么，却只有轻而疾速的夜风掠过泥土的声音。象泉河也像是停止了流动，早已安然入睡。

但札达不拒绝你从它的灵魂和精神内涵上去阅读它。月光离开了我的屋子，我才蒙眬入睡。我希望自己能与这一方神圣土地的睡眠同样安然。

但梦仍然造访了我。

太阳高悬在天上，以一种让人昏厥的灿烂照耀着全是金黄色尘土的高原。尘土覆盖着一切：山峦、河流、寺院、村庄、古城……风在大地上的阳光中穿行，像从远古来的一般透明。风里有各种古老的声音：佛语，经幡的猎猎声，王臣的谈论，一声紧接一声的喟叹……

宇宙间似乎只有三重境界：上为光明，中为风，下为尘土。

突然，马蹄声骤起，但又转瞬远去。接着，尘土扬起，模糊的天地间出现了他们的背影。他们显然是在尘土飞扬时转过身去的。他们是衣着华丽的国王、王后、大臣还有大小喇嘛，以及普通百姓。众多的神祇裹在尘土里，无可奈何地看着他们越走越远，被尘土吞没。我想赶上他们，却怎么也赶不上。我呼喊他们，却没有一个人应答，也没有一个人回头。我站在那里，尘土将我的肺腑填满，然后又把我裹住，一层又一层，我像一个站着的泥陶，终于承受不了永无穷尽的岁月，开始龟裂，最后发出陶土断裂时的细微之声，哧哧哧地崩溃了……

次日清晨醒来，我感觉头有些痛，浑身酸胀木然，好像自己真已成了土陶。我记起梦中那裹在自己身上的泥土有一种古老的、来自混沌之初的气息。

这就是札达这块土地的气息啊！

札达每时每刻都在承受着阳光和风的侵蚀，阳光和风正将其变成尘土，在高原的天空弥漫。

我向四面望去，才发现札达处于土林的环抱之中，处于美的核心。朝阳为它抹上了瑰丽的色彩，一切显得如此明亮。只有那些先民凿壁而居的洞穴是黑色的，让你感觉到一种神秘的深度。

札达是座小城，生长着珍贵的白杨树和高原柳。虽刚进入9月，但树叶已一片金黄，在风里飘飞。小城只有一条百十米长的土街，被树叶覆满。两幢两层的白色楼房，一座是边防营营部，一座是县武装部办公楼，它们代表了小城全部的现代气息。路两边有康巴人和少数汉人开的总共六七家商店和小饭馆，有些是在帐篷里，有些是在低矮的土屋里。有军人、老百姓在街上来回走，挟着寒意的风呜呜地叫着，刮得他们袖起了手，尘土从脚下腾起来，但没人在意，每个人都比漫步王府井大街还悠然自得。路两边是高高低低的红柳，视线由此展开，是简陋的平房，绵延的土林，再远处是洁净得近乎神圣的雪峰，雪峰在瓦蓝的天空里发着光。一家歌舞厅正在装修，从那架势看，老板有些雄心勃勃。几个外国游客在街上溜达，没有人太多地注意他们。孩子们正往学校里去。他们像一群活泼的山羊，蹦跳着走过土街后，便在身后留下一团腾起的尘土。一位化着浓妆，戴着墨镜，下身穿着牛仔裤，上身穿着迷彩服，十分丰满的摩登女郎，像一朵浓艳的塑料花，突然出现在街上，招摇而过，神气得像老影片中的中统女特务。

除百余平方米的“市中区”繁华地段之外，大多是和泥土一样颜色的土坯房，不仔细看，不容易把它们从土地中分辨出来。土坯房上正冒着蓝烟。有政府工作人员和放任自由的犏牛、藏马、鸡、羊、狗在那些房屋间闲逛。土屋之外，是气势不凡的托林寺的白塔红墙，紧邻世俗，却又超然于世俗之外，保持着自诞生之日起就具有的神圣和庄严。我没有看见古格王国遗址。在县城后面的山上，有废弃的古堡塔寺的残垣断壁，诱惑着人们去探寻。一切都显现出一种远离尘世的静谧、温馨和古朴。

世界对这里的记忆已在300多年前一个充满悲剧气氛的时刻凝固，没有人能知道得更多。也许只有象泉河的记忆还是清晰的，它正将这里的一切带向远方。但谁又能读懂河流的语言啊。

黄金般的古格王国在天上舞蹈

古格——我相信任何一个人在说出或写下这个音韵感极强的词语时，这个词语都会像宝石一样，从不同的侧面在他的心中闪光。

我是带着疑惑前往古格王国遗址的。我首先怀疑在这荒远之地能否建立起一个王国；其次，我怀疑古格王国能否创建如历史（总让人觉得它隐含着传说成分）所说的辉煌文明。还有就是如果这种文明真的存在，这个王国又是靠什么创建那些文明的。因为这里即使是阿里土地、牧场和气候较好的地方，也毕竟属于瘠薄荒凉之地。

札达县成立于1960年，但截至1989年底的人口统计，全县才共有850户、3325人。与300年前古格王国灭亡之前的万余户、十万余众相比较，不及一个零头。现在这3000余人口，绝大多数还生活在贫困之中。

这就是谜之所在。

但古格作为精神王国，的确是名副其实的。深入遗址之中，你就会明白这一点——同时，也使你的怀疑更深。

这是一块焦灼的土地。土林只能作为一种风景环绕在周围，更远处便是雪山，牧场隐在那些山地台原之间，脚下，除象泉河岸有两绺绿意，大多是荒凉的戈壁。我想，自古格灭亡至今的300年间，不可能有茂密的森林、丰茂的牧场、肥沃的田地在沧海桑田中埋没……

札达的现实境况与历史上古格的繁盛形成的对照是如此的鲜明，使你很难把它们联系起来。

古格王国遗址距札达县城十余千米。我们第一次驱车前往时，到了距其不远的札布让村时还没有看见它的雄姿。这好像是在印证我内心的想法——它只存在于传说之中。又往前走了一会儿，我们才在阳光中看到了这个曾经辉煌过600多年的王国的遗址。除了大殿上的红色像一抹血迹，显得有些醒目外，遗址的一切都融进了泥沙之中，与大地成了一色。遗址被历史和自然的风尘涤荡着，正一点一点地消亡。

但古格——我相信任何一个人在说出或写下这个音韵感极强的词语时，这个词语都会像宝石一样，从不同的侧面在他的心中闪光。

古格是色彩辉煌之地。

是一个被金黄色裹着的艺术殿堂。

是一个让人失去语言能力的地方。

古格沉睡太久，最终以沉睡的美和忧伤的梦呈现在象泉河畔，呈现在众山之上一个阳光灿烂的精神高处。

古格是一个精神王国的残雕，一尊关于信仰的佛……

古格，经受得起任何人的呼唤。

我希望古格在不停地生长，永远生长下去，以便与时间对抗，在对抗中永存。

我们像几只虫子，在这个表面已经残破，内涵仍然完美的金色躯体上爬动。我再次为这种黄色泥土的力量所震撼。富有黏性的黄土使这座依山而筑的城堡屹立了千年之久依然深沉而纯净；这种黄色是如此的祥和而飞扬，如“黄金在天上舞蹈”（俄国诗人曼德尔施坦姆的诗句）。当我捧起这独特的黄色尘土，我感到了一种明显的重量（这是一种让人热泪盈眶的重量），而当我把手摊开，尘土又飞扬到了天上，许久才落下来。这种生命中不能承受的轻，同样让人热泪满面。

阿里是个风和阳光一样丰盛的高原，也正是风和阳光将这座古城在漫长的岁月中珍存起来。它们还和象泉河一道，目睹并铭记着古城的兴盛衰亡。

王宫遗址在土山的顶端，分冬、夏二宫。建在地面上的夏宫由于年久失修，现仅存断墙残垣。冬宫修在地下，保存完好。我沿着山顶上的一条井式暗道前往冬宫，里面有一种久远而幽暗的气息，有一种泥土的霉潮味，有一种自古就有的凉意。来到冬宫宫区，我看见一条廊道西边有数十间居室，大小不一，都是穹隆顶的窑洞。冬宫之外即是数十米高的悬崖绝壁，站在窗前可以远眺连绵的群山、俯视奔腾的象泉河。冬天住在这里暖和舒适，安全可靠，其设计可谓独具匠心。

山顶的南边有议事大厅，四面有门，面积有400平方米，是当年古格王国君臣商讨重大问题的场所。现在山顶异常寂静，只有风一阵阵掠过。

这焦枯的山顶上是没有泉水的，古格王宫的用水从哪里来呢？原来山顶东南面有两条暗道，一条通向东南面的溪沟，那里有涓涓泉水不断地涌出，取之不绝；另一条暗道通到西南面的山沟旁，那里有从远处引来的流水。

山顶属于宫室区，住人不多。国王的臣仆大多住在东南面的山坡上，那里原有800多孔窑洞，古格王国灭亡以后，由于战火的肆虐，风雨的侵蚀，有的垮塌，有的埋没，现仅存300多孔。这些洞穴除了住人之外，还有一部分是粮仓和武器库。粮仓里的麦子和青稞至今尚未腐烂。炊具库里还存有30多口大小不等的石锅，有圆有方，这是过去王公贵族的专用炊具。据说在石锅里炖肉、煮粥，味道格外鲜美。

武器库分为盾牌库、盔甲库、弓箭库等，靠近山顶的窑洞里堆满了一万多支竹制箭杆；盾牌为圆形，用藤条编制，中间有一圆锥铁顶，制作精致而坚固；盔甲则用牛皮串缀小铁片而成，重达十余千克，有的甲片上还刻有藏文铭文。

我们还发现了王国的监狱、干尸洞和壁葬遗址，但在王国的建筑中，寺庙的规模最大。虽然由于年久失修，以及自然和人为的破坏，多数寺塔已成废墟，只有少数幸存，但寺塔仍旧是遗址的主要部分。

我们像一个个贪婪的嗜美者，对一座座寺庙细细观看，越看越惊叹，越看越想尽快地全部看完，及至到了山顶，已有些眩晕——是那种喝多了好酒的眩晕。为了舒缓内心的激动，也为了表达我内心难以言表的情感，我真想痛痛快快地哭一场。

如今的世界，自以为能创造一切，却不能创造如此精美的寺院艺术了。因为我看到了有些修补过的地方是那么拙劣，让人气愤。他们连一个莲花图案也描绘不到当时的水准了。我要说，要保护它，就保护好现有的一切吧，包括保护对它的破坏。

白庙，藏语叫“拉康噶波”，因外墙被刷成白色而得名，位于遗址北面的山坡台地，土筑的墙体厚约1米，神殿由36根柱子支撑，面积达300平方米。庙里的泥塑菩萨已全部毁坏，连主佛台上的佛像也只剩下了半尊，其他佛像或缺头，或缺手，只剩下了一堆泥，佛母的头像弃于地下，残破的四肢被尘土覆盖，一片惨烈的景象。但即使这些残雕，也可看出衣纹流畅自然。特别是那佛母，不但依靠娴熟的线条生动地塑造了五官，还让人感到了庄重、典雅、安宁和慈祥。而金刚护法则面目狰狞，一副暴怒的神情，张着大嘴，獠牙龇露，手中挥舞着兵器，脚踩佛法之敌和反对佛法的精怪，但他似乎只护住了自己，而无力使佛免遭战争和“文化大革命”的破坏。

白庙的壁画演绎的是释迦牟尼的故事，但画面还可以让人领悟工匠的人间情怀。其神佛僧俗，行为各异，神情各具，甚至可以感觉佛法的光辉、信众的心态。

从屋顶射进来的阳光使大殿的中心一片明亮，而神佛仍能被一种幽暗所笼罩，以使其不失威严庄重。屋顶和36根柱子上都有各种彩绘。天井中的图案依据方、圆或菱形绘成藻井图案，有的是纯图案花纹样，多数配动物花草或神佛物像。根据考证，古格的图案约有500种之多。尚存的壁画有千余平方米，完全是一个独特的艺术世界。

红庙保存得较为完好，因其外墙涂成红色而得名，藏语叫“拉康玛波”。红庙面朝东方，打开门后阳光立即和我们一起拥进殿堂，但阳光显然比我们快，与藻井天顶的东、南、北三面开放的天窗中投射到大殿的阳光会合，照亮了每个角落。朝向庙门的佛置身于阳光的光晕中，显得更加亲切慈祥；而那满壁丹青，流金溢彩，充满了古人澎湃的激情，显得热烈而欢乐，这种完美似乎就是极乐世界的完美。

大地像画出的平展的棋盘，

尘世的土石在这儿连名字都未听说过；

开心醒智的神火熊熊燃燃，

尘世的烟火在这儿连名字都未听说过；
具有八种功德的水长流不止，
尘世的水流在这儿连名字都未听说过；
用菩提宝树将土地装饰打扮，
尘世的草木在这儿根本无处立脚；
随时都有静定之食可以享用，
饥渴之苦在这儿根本未曾有过；
穿着正戒洁净的袈裟衣服，
尘世凡装在这儿从未有过；
自身就有光明把自己照耀，
太阳月亮的名字也未曾听说……

这是藏传佛教萨迦派僧人索南坚赞《西藏王统世系明鉴》中对极乐世界的描述。这也就是佛教中的彼岸世界，是针对现实人的重重苦难和不幸，通过无边的想象力创立起来的理想境界。

我恍然置身于这种境界之中，心怀纯净，神思超然，摆脱了所有的烦恼忧愁、困苦迷茫。

除了主佛台外，还有绘在墙上的佛像，它体现了古格人的精神和艺术向往。佛母的皮肤和肢体传达着独特的语言，如果天天凝视那高雅、端庄、温静而又带着淡淡忧伤的神情以及神圣而永恒的微笑，你会觉到她就是我们东方理想中的母亲，感觉她会把我们——她的孩子——引向世界最美好的地方。

她就是爱。

这些由艳红、靛蓝和深绿描绘的虽是神佛世界，但体现的却是人世情感。红庙的东墙绘制了长达十米的祭祀庆典场景，北边则描绘了七政宝和多种吉祥图案及佛塔和释迦牟尼一生的12个阶段。祭祀庆典图中有山村、溪流、屋舍、行云等自然风光；有王臣后妃、僧侣商贾、贵客宾朋和平民百姓等众多人物；有音乐、歌舞、乘骑、演奏等场面，君民同乐、歌舞升平，渲染出一派勃勃生机，洋溢着古格人乐天浪漫的生活情致。那情景所反映的显然是人世少有的理想王国。

给我印象最深的是佛本生中的魔女和祭祀图中的女人形象，无论她们是作为诱惑者，还是正在地狱接受罚惩的淫乱者，无不姿态丰沛，表情丰富，多为隆乳丰臀、腰肢婀娜、容貌娇艳的美女形象，堪称绝妙的人体画像。而着意刻画的风流体态和丰满的生殖器官，无不把女性作为理想中的天女来进行描绘。这种画风显然已超脱当时东方世俗对女性的偏见，并已把人体上升为艺术来进行表现。

护法神殿中的绘画因要表达威猛森严的气息，即使有浓艳的基调，但由于缺乏明亮的色块，所以给人以压抑之感。但边饰中的十位裸体空行母，却以其仪态万方、妖媚优雅的身姿把整个画面照亮了。

就是这样一个有着丰富内涵的精神王国，却在300多年前，走上了末路，其灭亡的原因至今众说纷纭。

广为流传的一种说法是，公元1630年拉达克入侵古格时，古格人曾奋起反抗。拉达克人久攻不下，便欲在城堡一侧修筑一座与城堡等高的作战台进攻城堡，于是被掳的古格百姓在拉达克人的逼迫下，日夜不停地干这项苦役。仁慈的古格王不忍心自己的百姓受苦，携财宝向敌人求和，谁知刚下王城即被生擒。最后古格臣民、将士俱被擒杀，古格财产被劫一空。

但没有权威的史料，所有传说和推断都不足信。如果说朗达玛废除佛教致使强大的吐蕃土崩瓦解，那么古格在确立了佛教史上的神圣地位的同时，也走到了它的极端——一个十万之众的小小王国，却有万余僧侣。

也许，这个王国的灭亡还有其他原因，诸如征战、变革、传位等，但它都不屑于记录，以至最终一片空白，无从稽考。

古格王国一代又一代不懈创造的是一部精神的史诗。

底雅乡馈赠给我们的一首民歌

我不知自己在那荒原上伫立了多久，那歌声像要把我变成一株植物，栽种在那里。我感觉我的根系正在扎下，感觉自己一旦移动，就会枯死。

那是在从札达到达巴的路上。我们沿着一道长达30千米的沧桑的干沟前行，来到了一片草原。草原十分开阔，风毫无阻挡地从浅而密的牧草上刮过。周围的冰峰雪岭高高耸立，把寒冷倾泻下来，使这里的所有气息都有一种凛冽而柔弱的硬度。

简单的公路一直往前延伸，直到雪山下面。从这里可以看到不远处喜马拉雅山气势磅礴的雄姿。

一群羊不慌不忙地游动过来，却没有看见牧羊人。同行的朋友说，那可能是野羊吧。但羊群笨拙的移动证明它们不是野羊。我们驱车过去，离羊群近了以后，羊群站住了，抬起头来，用被无理打扰后的惊讶神情看着我们。与此同时，冲出来一匹小藏獒，凶猛地看着我们。然后，从羊群中伸出来一个油黑发亮的脑袋，风把他长长的乱发拂起来。

他喝了一声狗，然后把一只手放在自己的嘴边，另一只拿着羊鞭的手扶着羊背，用明亮的眼睛盯着我们看。

他穿着一件板朝外、毛朝里的皮袍。他仅比成年的羊高一点，年龄在8岁左右。在荒原游走，使他看我们的神情显得过于早熟，如一个饱经风霜的成年人。

我们走过去，递给他两块压缩干粮和一罐可乐。他伸出乌黑的小手接过去了，像是不愿白接受我们的东西。他从羊皮袍里掏出一把风干肉递给我们。我们不收，他就固执地把小手一直伸着。我们只好收下。见我们接过风干肉，他开心地笑了，是童稚的孩子的笑。然后，他像是炫耀武力似的，跨上一只黑羊的背，作骑士状，嘴里发出高兴的欢叫声。

这时，我发现他腰里别着一把一尺多长的真正的藏刀。这使他看上去像一名小格萨尔，羊就是他的队伍。羊有三四百只，簇拥着他，缓缓地向前移动，像在进行一项庄严的仪典。他做威严状，被他的坐骑——那只不算壮实的羊——驮走了。

汽车的轰鸣惊动了羊，它们向前跑起来，抬起的羊头把他遮没了，再也看不见他。

藏族牧民有一种风俗，当他们的孩子长到8岁时，就开始派他们去放牧，这叫作“8岁豁嘴放百牛”，这是让孩子自己面对生存的第一步。所以他虽然年龄很小，但在这荒凉无人的高原上，却没有丝毫畏惧之色。

他们从孩子成长为牧人的方式与狗成长为獒的方式相同。

藏獒现在只能在某些牧区见到了，它是狗的一种，体大如小牛，凶猛胜豺狼，凡是有它撒过尿的地方，虎狼便会闻之而逃，它高傲得连虎狼都不屑视为对手。

而獒并非生下来就是獒，而是普通的狗。要想培养一头獒，必须在它们生下不久，便放逐到荒野上去，让其自谋生路。在寒冷和饥饿之中，它可能扑向一切动物，包括自己的同类。獒开始成长，体形壮大，成为一种只为战斗而存在的勇猛生灵。这时它回到主人的家中，忠诚于主人，但不摇头摆尾，始终保持一种武士的尊严。如果主人死了，獒的生命也就开始终结，它不再吃喝，直到饿死。

我们望着那群羊，正要离开时，突然听见了孩子的歌声。高亢、清亮的童声唱出的歌一下击中了我的心。它像天外来音般突然响起，传播开去，让整个世界猛然跌入寂然、纯净的境界中：

天地来之不易，
就在此地来之。
寻找处处曲径，
永远吉祥如意。

生死轮回，
祸福因缘，
寻找处处曲径
永远吉祥如意！

这是一首很美的诗，是底雅乡的一首民歌。我已不知多少遍地默诵过它，每次诵读，都有新的感受、领悟和发现。再没有比它所蕴含的忧伤和祝福更深刻的了。而它的意境又是如此的广阔，连那忧郁中都有一种明亮的背景和对世界上所有生命进行安慰的力量。

他，这个被羊淹没的少年，给了我最富有的馈赠。显然，他已用高原给予他的天分理解了这首歌，并且比我理解得更加透彻。

它把我带入了神秘、遥远而又充满幻想的世界。

我沉浸在这古老、深邃的神奇世界里，常常被一句歌谣、一种声音、一种表情、一处景象所感动。觉得时间的延续，空间的拓展，真实的存在，虚幻的心灵，忽而凝聚成一个明亮的点，忽而又膨胀成一个缤纷的面。梦幻与理想、绝望与希望、历史与现实、苦难与幸福、远古与现在、神圣与世俗、朴野与文明，潮水般向我涌来……

这些来自民间的经典就是民间的哲学，也是民间的心声，它一年又一年地回荡。这些靠生命意识的驱动所编织出来的梦，在跌宕起伏的雪山上、浩渺激荡的草原上、清洁明澈的湖泊里、辽阔自由的牧场上散布着，赋予每一块石头，每一片土地，每一阵风以历史感和文化感。

我不知自己在那荒原上伫立了多久，那歌声像要把我变成一株植物，栽种在那里。我感觉我的根系正在扎下，感觉自己一旦移动，就会枯死。

普兰的农事诗

我们到达时正是普兰的秋收季节，我有幸看到了请白石的仪式。

普兰周围是以农耕为主的农业区。我在这里感受到了土地和庄稼的非同一般，也感受到了劳动的快乐和诗意，并再次感受到了石头——特别是那种白色石头——的力量。藏人对白石的崇拜始自古代。《贤者喜宴》记载，松赞干布的重臣琼普邦桑孜死后，人们专门在他的坟上立一白石。而白石是农民心中的“金石头妈妈”，藏语称作“阿妈色朵”。庄稼长势的好坏，能否避过天干地旱，雨雪风雹，都与它有关。

我们到达时正是普兰的秋收季节，我有幸看到了请白石的仪式。只见农人们来到地边，由一位长者走到白石跟前，一边在石头上洒着青稞酒，糌粑面，放上酥油，一边大声吟唱：

请喝吧，金石头妈妈！

大雪小雪的冬天，

你给我们守护田地；
大雨小雨的夏天，
你给我们守护庄稼。
今天我们开镰了，
请告诉地里的生灵，
有头的藏起头，
有脚的缩起脚，
不藏头，不缩脚，
弄出个牛大的伤疤，
我就管不着了！

接着，农人们用彩色藏毯把白石小心地包好，恭恭敬敬地送回家。在来年安放到地边之前，白石一直供在“央冈”（吉祥箱）里，给它以神的供奉和膜拜。

石头是农民心中的神祇，是田野和庄稼的守护神，每一个人都相信它能使青稞长得丰茂，并保护它不受自然灾害的侵袭和野兽的践踏。

每年藏历正月初九，是安放白石的日子。天刚放亮，农人们便开始打扮耕牛，把牛角用清油擦得闪闪发亮，在牛角上绑着几尺长的彩棍，彩棍上挂着纷纷扬扬的经幡，牛脖子上挂满锃亮的铜铃，牛肩胛上披着缀满贝壳的彩缎，牛额头贴着日月形的酥油圈。这些体形高大、身躯健美的犏牛，经过这番装饰，显得十分威风。然后，他们给牛喂上飘香的青稞酒、浓醇的酥油茶，以及由酥油、奶渣和红糖调制的叫“退”的高级食品。牛醉得摇摇晃晃，农人们也穿着节日盛装，从“央冈”里请出供奉了一个长冬的白石，仍用彩毯包好，然后痛饮一番，晃晃悠悠，唱着祈神的古歌，朝自家的地里走去。农人的家人和邻里亲友拉着木犁，捧着祭品，也带着醉意，和唱着古歌，跟着主人行进。人畜同醉，情绪都亢奋激昂，古歌声里不时响起数声牛哞，显得欢乐吉祥。

到达农田后，农人先在四周点燃香草香枝，使芳香的烟云弥漫田野，升向晴空，驱走不洁之物，并召唤天空和大地的神祇，一起来参加安放白石的仪式。

在做了迎请白石的仪式之后，农人套上耕牛，绕着白石犁出五道地畦，分别撒上青稞、小麦、油菜、豌豆、蚕豆种子，把它们作为有生命的供品献给“金石头妈妈”。接着，古老而深沉的祈神歌再次唱起，其他地方的歌声也响起来了，孔雀河沿岸都在歌唱。随着歌声，大家跳起古老的“玄”舞，喝起青稞酒，整个田野烟云缭绕，歌声起伏，酒香弥漫，歌舞者忘却了世间的一切，装饰华美的犏牛也亢奋得乱蹦乱跳。直到日头西沉，大家才相互搀扶，沉醉着尽兴地回到各自的家中。

我后来看过一些记录西藏农俗的文章，说他们锄草时，总是一边锄草一边唱歌，以减轻身体的劳累。遇到从田间地头路过的人，农人还要献上一把绿色的青稞苗，并唱吉祥祝福的歌。路人则必须欣然下马，回赠一些酥油、茶叶或银两，表示对辛勤劳作者的慰劳和对劳动的尊重。

他们还有把原本很单调的劳动过程变成一场歌舞演出的本领。每个除草者都给自己取一个鸟儿的名字：画眉、布谷、乌鸦、孔雀、鸽子、山鹰等等，当领头人叫到某种鸟的名字时，叫这种鸟名的人就走到锄草队伍的前面，一边劳动，一边模仿这种鸟的姿态和鸣叫声，逗得大家哈哈大笑。然后，全体劳动者开始唱民歌：

往上飞的鸟往下飞，

往下飞的鸟往上飞。
布谷鸟飞进柏树林，
鬼鸟儿飞进草丛里，
千年不老的古树上面，上面，
巧嘴的宗巴姑娘坐着，坐着，
鸟儿的话心里记着……

这样的劳动多么美好，这就是西藏人的智慧。劳动就是欢乐，一切都在欢乐中进行。

在农人的心中，土地的生命是永恒的。但他们与土地的交往中，情感常常十分复杂，是一种平等基础上的敬畏，一种复杂的爱。他们深情地与神交往，神，也一直存在于他们劳作的过程中，几乎参与了生产活动的全过程。人与人，人与神息息相通。

这是充满诗意的、神圣的劳作。

朝拜冈仁波齐神山

“我用身体把黑色的大地丈量过来，我用手指把云彩数过来，我像爬梯子一样攀上陡峭的山崖，我像读经书一样掀过平坦的草原。”

神山冈仁波齐是高悬于尘世之上的，心怀信仰的人都能仰望到它，没有任何阻挡视线的东西，足以让你把神山的神采一览无余。

你还可以看到无数磕长头的朝圣者，他们起来，再伏下，像大地的一部分，像可以移动的信仰的森林，虽然常常被世俗的风刮得紧贴大地，但总能一次次顽强地站起来，一直如此，成为一种永远抗争的姿势。

朝拜神山的人以各种方式赶到那里，有些是转山时才磕长头，有些特别虔诚的信徒是从第一眼望见神山的顶峰时就开始磕头朝拜。

站立，带起来的尘土飞扬开去，双手合并置于头顶，手印置于喉际，再置于心际，俯身双手着地，向前平伸推出，五体投地时尘土像受了惊吓，猛地腾起，再合掌于顶，起身立正。硬木头做成的护手板磕击大地的声音，以一种均匀的时间间隔传过来，像是福分的声音，像是无量功德的回响。尘土和他们口中的六字真言一起，轻轻飘开……

他们浑身都是风尘和泥土，看不清衣服的本色。只有一种泛着微弱亮光的黑黄色。盘好的发辫已经散乱，头发也被染成了土黄色，脸上除了睁开的眼睛外全都蒙满了尘土。他们站起来，是一个土地的神；他们伏下去，便是土地的一个部分。他们目不斜视，心中既没有空间，也没有距离，只有对信仰的虔诚。

这种行为令人难以置信，看起来无疑是一种苦难，但他们却把它看得很轻松："我用身体把黑色的大地丈量过来，我用手指把云彩数过来，我像爬梯子一样攀上陡峭的山崖，我像读经书一样掀过平坦的草原。"

我所认为的苦难在神圣者那里成了抒情。好像在他们那里已不存在苦了，或者说他们经受的都是大苦难，这样的苦已不算什么了，甚至连一点痛的感受也没有。

他们就以这样一种方式走过那漫长的信仰之路。

磕拜长头是藏传佛教的一种十分有益的大礼拜法，在藏区，男女信徒每天不论怎样都要做这种礼拜。它不是密宗功法中的一种动功，英国人布洛菲尔德在他的《西藏佛教密宗》一书中指出："磕长头授予了神与数量的恩德。在体位方面，它恢复了每天在三昧现观中度过很长时间对身体造成的不利影响……毫无疑问，古代的那些创造了这些修持法的佛教徒头脑中就具有这种恢复体力的作用。然后就是这种行为的象征性谦卑，它为结束自我之幻做出贡献，因为谦卑是傲慢之后果，而傲慢又是我们主要的精神食粮。"它以这种方式表示了修炼者的虔诚和虚心，因此被认为是一种克己、苦身、柔体的法门。

密宗中的磕长头比普通的磕长头要严格得多，但基本的东西是一样的，那就是用身体丈量大地，纯粹以苦来感动神灵，表达虔诚。

我的目光从朝圣者的身上移向神山，心中有些茫然，我已知道这山对于信仰来说意味着什么了。

“冈仁波齐……”我再次默念它。此时，心中除却一种神圣，还隐隐有些忧郁，怎么也难以平静。

我恍然觉得自己驾着车一直在往神山奔驰，我也看到了它的身影，却怎么也到不了它跟前，好像那车轮一直在原地打转，我只能远远地望它。

与朝圣者比较，我即使抵达也算不了抵达，因其仅仅是物质的，与精神无关。而神山对佛教徒而言，是一个精神圣地，它载负着无穷的祈愿与希望。

“冈仁波齐”在藏语中的意思是“神灵之山”，梵语称为“湿婆的天堂”。据《冈底斯山海志》记载，著名的佛尊杰尊·达瓦孜曾对冈底斯山的形状，以及从这山上流出的四大河流做了一番描绘和形容。他说，冈仁波齐形同橄榄，山尖如刺，直插云霄，连蓝天都穿破了。山峰南面，朵朵白云，像山峰磕头朝拜；峰顶上，有七彩圆冠戴帽；山身如水晶砌成，透亮发光。但日月照射到山体时，从它身上反射出奇异的光芒，这时，从它的颈项上，清泉沿石缝留下，发出有节奏的叮当声，那一串串清脆的琶音，有如仙乐般动听。傍晚，西边的落日照在这高高的山峰上，彩云间发射着光环，山峰犹如披上彩虹一般；这时的山腰，彩虹紧锁，恰似一条七色的腰带。要是正午，日光从山顶正射下来，自上而下，冈仁波齐便套上彩裙了；山脚下，俨然彩裙之边，有绿草繁花嵌衬着，真有绣花绒般美丽。

这位高僧还描写道，冈仁波齐挺立巍然，山峰四周，有如八瓣莲花，背后满山长着珍贵的草药，叫作香山；前面是明净的“圣湖”玛旁雍错；清澈湛蓝的湖面，有如光滑平坦的巨镜，将冈仁波齐映在镜子里。每逢傍晚，湖水蒸气凝聚，变成薄雾；在微风吹拂下，像一条条洁白的绸带在湖面上摆动。雪峰围着它，就像许多身着素白的少女，向冈仁波齐婀娜顶礼。

按照佛尊的说法，冈仁波齐之顶应有像天上无量宫的宫殿。无上密宗本尊肆鲁迦之宫——胜乐轮宫，为人类洒下潺潺甘泉——那便是马泉河、狮泉河、象泉河、孔雀河四大河流。这四条河从四方流下，泉口如骏马、雄狮、巨象和美丽的孔雀，人们因此而命其名。

因这些描绘均出自佛尊之口，所以中外佛门弟子，就把冈底斯山当作神山，把玛旁雍错当作圣湖，把那四条河流也当成了神水，从而使这里成了可与伊斯兰圣地麦加相媲美的佛教著名胜地之一。许多佛教徒都渴望到冈底斯山朝拜。要是在朝拜途中死去，那便是佛德高深，从圣地升天；要是朝拜回归，便会得到当地居民的无限崇敬，因为到过“胜地”，且取得“圣水”，撮得“神土”而归，堪称功德高深。

善男信女们认为，能围绕圣迹转山一周，可洗尽一生罪孽，沿山转13圈为一整圈，因为马年是佛尊米拉日巴战胜外道徒的纪念年，所以马年转一圈等于其他年份转13圈。如果转10圈，可在五百年轮回中避免下地狱之苦；如果转100圈，便可成佛升天。

神山圣湖是信仰的象征，是灵魂的寄托地。其传说自然纷繁多样，但无不对这神圣之域充满深深的敬意。正是这些，使人类能够面对永无尽头的苦难，能够使自己伤痕累累的心得到安慰。

我赖于此并扎根于此

走在路上，于我，已是一种宿命。

在普兰邮电局的一次通话，使我明白我已走了多远——我处在朋友们认定的大地的边缘。对于大多数人来说，他们不知道我所在的具体位置，很多人没留意过这个地方，哪怕仅仅是在地图上。

但她是知道的。她的心一直跟随着我的行程，像一个影子，准备在我滑倒时，扶我一把。我在狮泉河写过一封信，那封信走了30多天。而她则每天写一封信，通过心的邮路寄给我，想象中肯定我已经收到。她的祝愿使我得以返回。因为爱，她相信我肯定能够回去。这是我回到万里之遥的她的跟前时，从她写给我的厚厚一摞信中得知的。

而另一位在更远处的京城的朋友则担忧地问我："你到了那么远的地方，还能够走回来吗？"

我不知道该怎样回答他，过了好久才说："我赖于此，并扎根于此。"

朋友沉默良久，并没有追究这句话的出处，只是真诚地说："还是回来，无论走了多远，总能回来的。”

而我当时纯粹是“无家之游”。我像一个明朝时期的浪子，以颓丧的态度来选择这种生存放逐的方式。在这种现实（转瞬即为历史）困境中，在自我救赎的道路上，我显得如此地无能为力，这是我从来没有意识到的。

我觉得自己连何心隐也不如，他还能够像他的老师一样，率性所行，纯洁自然，做一个行为与语言的浪子——在明朝专制腐败的政治环境中，做这样的浪子是十分危险的，时时都可能招来祸端。而我只能沉默。何心隐可选择“烈烈而死”，可我仍然碌碌于世。在语言的流浪之路上，何心隐自然是词锋锐利，蹈厉扬风，但他最终还是失败了，他语言的翅膀被权力的铁腕揉得粉碎——可他毕竟做了啊！

我不知何以想起了明朝这个阳明学派的第四代传人。这大概是因为作为“语言”浪子的他，却在语言上失败了的缘故吧。当然，这并不是他个人的命运，也不是当时文人生存性的失败。

他们以“弃家”来使自己的个体生命与世俗世界隔开。这是在走向生命本质自由的道路上的初步胜利，其象征意义更是十分深刻的。但他们并非轻松愉快的旅人，他们无心留意山川江河的美，而忧心忡忡地徒步而行，不免踉踉跄跄，纵情放逸时少，恐惧苦闷时多……

何心隐让我一夜无眠，也就是在这个无眠之夜，我发现普兰的夜色呈现一种独特的蓝。这个夜晚我如此清醒，使我怀疑自己不仅仅受了何心隐的影响，还受了那蓝的蛊惑。因为我没有通常失眠时的那种焦躁，更没有疲惫的肉体带给灵魂的困乏。

在这样的夜晚，我有一种迫切地想打扫自己思想房间的愿望。其实，思想的房间早已不成其为房间，而成了一个装杂物的偏厦。